• 衛斯理小說典藏版 19 •

衛斯理
親自演繹衛斯理

《神仙》

新之又新的序言，最新的

衛斯理小說從第一次出版至今，歷時已近半世紀，總共出了多少正版，還能計得清，若是連盜版一起算，那就算找外星人來算，也算勿清楚哉！不知能不能也算世界記錄。

算得清好，算勿清也好，能幾十年來不斷出新版，說明不斷有讀者加入，對作者來說，沒有更值得高興的事了，謝謝所有喜歡衛斯理的人，謝謝謝謝。

倪匡

二〇二〇年六月四日 香港

幾句話

寫了四十多年小說，論者將拙作分為三個時期：早、中、晚。在明窗出版的一批，屬於早期和中期的上半。三個時期的創作風格有相當程度的不同，所以風評不一。本人並無偏愛，但讀友對早期的作品，頗有好評，大抵是由於在早、中期作品之中，主要人物精力充沛，活力無窮，所以使故事曲折多變，小說也就格外吸引。明窗出版社此次重新出版這批作品，正好讓大家來證明這一點。

四十餘年來，新舊讀友不絕，若因此而能有新讀友，不亦快哉！

倪匡

二〇〇五年十一月六日

序言

《神仙》是衛斯理幻想故事之中，題材最奇特的一個。正面肯定了神仙的存在，也從另一個角度，探討了神仙的定義。

道家對神仙的定義，十分複雜，充滿了神秘性，決非現代人所能明白。從另一個角度假設的定義，當然百分之一百是假設，是不是可以成立，全然不知，但至少對人變成神仙的過程，有了一整套的假設——這種假設，在《神仙》這個故事之前，從來也未曾有任何人提出來過，在這個故事中所表達的觀念，絕對首創，頗足自豪。

《神仙》也是一個喜劇故事，雖然在末段仍不免有點悲觀，但整個故事，都相當喜劇化，賈玉珍這個人，更是典型的喜劇人物，他以為找到第二卷仙籙，就可以修成正果，誰知一共有三卷仙籙之多，令得他不上不下，「自己變成了自己的孫子」，更是十分調侃。

看到最後，可以肯定，衛斯理的性格，不適宜做神仙，所以，他做不成神仙。

衛斯理（倪匡）

一九八七年二月十二日

目錄

第一部

屏風夾層內藏異寶

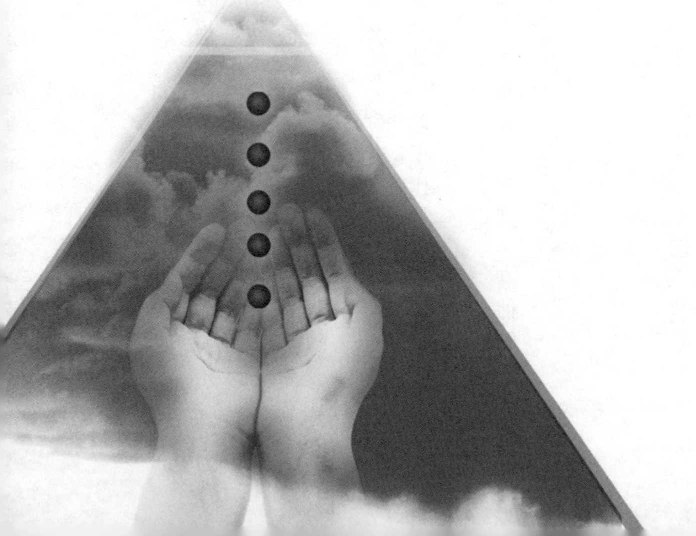

執筆要記述《神仙》這個故事，躊躇了好一會，為的是不知從哪裏開始才好。整件事，牽涉到的事和人，相當複雜，過程也絕不簡單。本來，想從公元一九〇〇年八月十五日寫起。但是想了一想，從頭寫起，很難表達整個故事的曲折。可是，如果從中間開始，又不明來龍去脈，想來想去，還是決定了從魯爾的那封信寫起。

經常有許多陌生人寫信給我，世界上有怪異經歷的人愈來愈多，所以，寫信給我的陌生人，有很大部分，告訴我他們親身經歷的一些現代科學不能解釋的怪事。

關於這一類信，我例必回信，有時，請他們進一步查究，有時，請他們把詳細的經過寫來給我參考。其間也頗有些有趣的事，有的，已經為文記述。

可是魯爾的來信，卻一點也沒有趣。

信很簡單，不妨全文引在下面：

「衛斯理先生，我的上代，曾到過中國，帶回了兩件中國東西，我是一個普通的農夫，完全不了解中國，請你告訴我這是什麼，是不是有價值。魯爾。」

附在信中的，是兩幅拍得極其拙劣的黑白照片，看起來，那像是古代的玉圭，或者玉符，諸如此類的東西。那個德國人，把我當作收買古董的商人，還是拍賣行的估價人？

一看他的回信地址在東德，一個叫伏伯克的小地方，他是東德人，這引起了我的惡作劇心理，一半自然也是由於他寫來的信太無趣，所以我順手回了信。

我的回信更簡單：

「魯爾先生，等你有機會帶着你的中國古物，翻過柏林圍牆時，我再告訴你那是什麼。衛斯理。」

回信寄出去了，我也早忘了這件事。

魯爾的信來了之後的第七天，或者是第八、九天，記不清楚了，有一個十分惹厭的古董店老闆來找我。這個古董店老闆姓賈，叫玉珍。男人而有這樣一個名字，又姓賈，所以我時時取笑他，誰來向他買古董，那可算是倒了霉。這個賈玉珍，是一個典型的奸商，最善於哄抬古董的價錢，為人庸俗不堪，再精美的古物，在他眼中看來，都只是一疊疊厚薄不同的鈔票。

這樣的一個人，本來我是不會和他來往的。可是他卻有一樣大好處：為人十分隨和，隨便你怎樣當面開罪他，甚至罵他，總是笑嘻嘻地，不會生氣，弄得你再討厭他，也不好意思再將他怎麼樣。

當然，單是有這個好處，我還是不會和他來往，賈玉珍有一項舉世知名的本領，那就是他對古董——中國古董的鑒賞能力極其高超。

據他自己說，他的這種本領，是從小接觸古董多，再加上天才而形成。他九歲那年，就進入中國北方六大當舖之一的豐來當舖做學徒。中國北方大當舖，有專門處理古董的，那是朝奉之中，地位最高的一種。賈玉珍由於聰明伶俐，一進當舖做學徒，豐來當舖的大朝奉就很喜歡他，他就在大朝奉的身邊，跟了五年。

賈玉珍常說，那五年，他所獲得的有關中國古董的知識之多，任何大學的研究所中，花十年的時間也比不上。

那也是他的運氣好，豐來當舖大朝奉，本來就是中國古董的鑒賞名家，在北京城裏，數一數二，經常和古董鑒賞家有來往，賈玉珍就跟在旁邊聽他們發表議論。

光是聽還不夠，還得有實際的古物過目過手，那時，正是清政府被推翻、民國成立之初的動亂時期，本來收藏在皇宮內府、親貴大臣家中珍貴的古物，大量流入民間，當舖就成為這些古物轉換的中間站。雖然地位低微為學徒，每天接觸各種各樣的古董的機會之多，多過世界上任何一地的博物館館長。

五年之後，賈玉珍還只有十四歲，但是眼光已經出類拔萃，成了豐來當舖的三朝奉，他當三朝奉，是因為他年紀實在太小，穿起長衫來，全然不像樣子，以他的見識而論，就算不能當大朝奉，當三朝奉也綽綽有餘了。

「朝奉」是當舖中地位十分高的一種職位，在社會上的地位也不低。他當了兩年三朝奉，積累的古物知識更加豐富，恰好他的恩師，那位大朝奉去世，在臨死之前，向東家（當舖老闆）竭力推薦，由賈玉珍來繼任大朝奉。可是當舖老闆覺得他年紀實在太輕，所以口頭上答應了，結果並沒有遵守諾言。

這時的賈玉珍，已經不是才進當舖當學徒的賈玉珍了，一怒之下，就辭掉了當舖的職務。

當舖老闆不會用人，另外有會用人的，一家規模宏大的古董店，當舖設在天津的租界內，立時重金禮聘，請他去當掌櫃。

那時，北京的一些世家，雖然窮得要靠賣祖傳的古董過日子，但是在北京公然出售，面子上總有點下不來，所以大都把古董帶到天津去出售。所以，天津的古董買賣，在北京之上，而且全是精品。

一當上了著名古董舖的掌櫃，賈玉珍的社會身分又不同，出入豪門世家，現任的督軍部長、過去的尚書親王，都十分器重他在古物方面的知識。

最難得的是，賈玉珍對於古物的知識是多方面的，從最難辨真偽的字畫起，一直到瓷器、玉器、銅器，門門皆通，門門皆精。

他一方面做買賣，一方面自己也揀好的機會，收藏一些古物，等到他二十歲那一年，他就自己開古董店了，店名是「玉珍齋」。

「玉珍齋」很快就打響了字號，「玉珍齋」成為識貨的代名詞。

在接下來的歲月裏，中國一直處在動蕩不安的環境中，在這樣的環境中，古董的轉手機會最多。自從「玉珍齋」開設到現在，已經四十多年，總舖也早已從北京，搬到了倫敦。在世界各大城市之中，都有他的分店，經營着中國古董的業務。

我和他認識，是一個朋友的親戚（複雜得很），有四扇小屏風要出讓，那是四扇放在桌上作為裝飾用的小屏風，用雜色玉鑲嵌，看來沒有什麼大不了。可是屏風的持有人，卻堅稱他祖父臨死之際，曾說這屏風價值連城，非同小可。

所以，我那個朋友，先把那屏風拿到我這裏來，我自認對中國古董，也有一定認識，可是看那四幅屏風，卻看不出什麼好處。屏風的正面，是麻姑獻壽圖，背面是一篇祝壽詞，連上下款都沒有，雖然是很好的楠木屏架，但也不是十分罕見。

當時，恰好報上登着廣告：「本齋主人賈玉珍，周遊世界，現在本市，欲求珍罕古玩，請來本店面洽，玉珍齋啟。」

我以前也約略聽過賈玉珍這個人，當時就建議：「拿去給那位玉珍齋主人看看吧。」

我那朋友還膽小：「這不好吧，要是值不了多少，那多尷尬。」

我道：「那有什麼關係，他一露不屑之色，我們掉頭就走，下次再遇到他，不知是哪年哪月了，有什麼好尷尬的？」

我那朋友是一位科學家，學的是天文，不善交際，屬於書獃子一類，要他去和古董商打交道，當然不行，所以我自告奮勇，打電話到「玉珍齋」去，約時間要見賈玉珍。

那次的那個電話，打得我一肚子是火，可是又無法發作，真是窩囊之極。聽電話的那位小姐，聲音十分好聽，可是語音冰冷：「要見賈先生嗎？把東西帶來，你的號碼是兩百三十七號，接見你的時間是下午五時二十六分。賈先生每次見客人，只限兩分鐘，所以你絕對不能遲到。」

我還想問清楚一點，那邊已經把電話掛上了。

我只好對我的朋友發牢騷：「你看，全是為了你，要受這樣市儈的氣。」

我的朋友苦笑：「我也是受人所託，沒有法子啊。」

既然對方說得那麼嚴重，我們倒真的不敢遲到，中午時分，就和那朋友見面，帶着那扇屏風，我心想，不必一定要到玉珍齋去受氣，旁的古董店，或者也可以出得好價錢，所以先走了幾家，我那朋友每次都躲在店門外，不敢進去。

這種帶着東西，上門兜售的滋味，不是很好受，尤其取出來的東西並不是很稀罕，古董店老闆擺出一副愛理不理的神情，更不好過。

跑了幾家之後，我道：「算了，看來這東西，根本不值錢。」

那朋友苦笑：「到了玉珍齋，要是再碰釘子，我也算是盡了力。唉，他們家裏，要不是太窮，也不會出售家傳之寶。」

我連捱了五六處白眼，虧他還説那是「家傳之寶」，我實在有點啼笑皆非：「到了玉珍齋，你可不准再躲在門外，要一起進去。」

朋友面有難色，我態度堅決，他只好苦笑着答應。

到玉珍齋時，是四點半，和約定的時間還早，由於天氣很熱，也沒有別的地方可去，所以就先進去。玉珍齋的店堂小得出乎意料之外，繞過店堂，後面的地方卻極大。一個大天井，擺滿了各種各樣的盆景，一眼看去，盆盆都是精品，有幾盆九曲十彎的九里香，見所未見，還有兩株作懸崖式的黑松，更是矯若遊龍，其中最妙的一盆，是完全照黃山的那株著名的「迎客松」栽種的，具體而微，簡直一模一樣。

這個天井中的盆栽，如果要每一盆仔細來看，一天也看不完。那朋友對盆景一點興趣也沒有，他說那些全是「因為營養不良而不能充分成長的小樹」，所以只稍為看了一下，就穿過了天井，進入了一個相當大的客堂。

那是一個中國式的客堂，家俬是明式的紅木椅、几。客堂中坐着的人還真不少，有職員在負責管理，我們進去，揀了位置坐下，告訴了我們的登記號碼，和約定的時間。

我也算是見過不少大人物，心中在想，賈玉珍不過是一個古董商，有什麼了不起，偏偏要擺出這樣的排場來。可是看看在客堂中等着的那些人，人人都抱着充滿希望的神色，希望自己所帶來的東西，是稀世奇珍，希望經過賈玉珍的品評，就可以有一大筆金錢的收入，也難怪賈玉珍可以擺這樣的排場。

職員先請我們喝茶，然後禮貌地要我們把帶來的東西，先讓他過目一下，他用即拍即有的相機，拍了兩張照，然後道：「請等一下，到了約定的時間，叫你們的號碼，你們就可以進去見賈先生。」

我向朋友道：「看這樣子，我覺得自己是來領救濟金的。」

朋友只是苦笑，不斷向我行禮。反正我也沒有事，就觀察在客堂裏的那些人。

客堂的左首，有一道門，通向賈玉珍的會客室，職員一叫號碼，立時就有人站起來，急急向那道門走進去。

而時間算得真準，每一個人進去，至多兩分鐘就又走了出來，進去的時候，人人充滿希望；出來的時候，個個無精打采。

在超過大半小時的觀察之中，只有一對老年夫婦，出來的時候，滿面笑容，笑得合不攏嘴來，手裏還拿着一張支票，不住地看着，老先生道：「真想不到，一隻碟子可以值那麼多錢。」老太太道：「真是，要再找幾隻出來，那有多好。」

我眼光看到他們手中支票的面額，確實是不小的一筆數目，我順口道：「兩位賣了什麼碟子？」

老先生老太太不約而同，瞪了我一眼，鼻子裏哼地一聲，生怕我沾了他們的光，根本不睬我。我無緣無故，碰了一個釘子，真是哭笑不得。

不過，我倒是很快就知道他們出售的是什麼碟子，那是一隻青花瓷碟，這隻瓷碟，後來在蘇富比拍賣行，以十倍以上的價錢賣出。當時，我見到賈玉珍正以一副愛不釋手的神情，在把玩着那隻瓷碟。那是又見到了七八個人失望地出來，叫到了我們的號碼，我和朋友一起走進會客間之後的事。

會客間也是舊式的佈置，他坐在一張相當大的桌子後面，把玩着那隻碟子，我們進去，他連頭都不抬起來。

他看來約莫六十出頭年紀，頭頂光禿，禿得發亮，穿着一件白綢長衫，我注意到那扇屏風的相片，已放在他的桌上了。

他仍然自顧自把玩那隻碟子，用很冷漠的聲音道：「你們帶來了一扇屏風是不是？我看過照片了，給三千美元，留下屏風吧。」

他說着，仍然不抬頭，放下碟子，移過桌上的一本支票簿來，就自顧自去簽支票。

他那種傲慢的態度，真叫人生氣，要是我年輕十歲，一定伸手，在他的光頭上重重地鑿上兩下，才肯離去。他十分快開好了支票，推了過來。

我那朋友皺着眉，三千美金，已經是這兩天所聽到最好的價錢，看他的樣子，像是就此要拿了支票就算數了。

可是在這時候，我心中陡地一動，向他使了一個眼色，拉着他站了起來：「對不起，你在開玩笑，我們不必浪費時間，這是我的名片，你有興趣，可以來找我，我見客人的時間，倒不限定是兩分鐘。」

我說着，放下了名片，拉着那朋友，掉頭就走。我看到在我轉身的時候，賈玉珍愕然地抬起頭來，我知道自己的估計不錯。

離開了玉珍齋，那朋友埋怨我：「三千美金也好的，你為什麼不賣？」

我道：「三千美金我也拿得出，你先拿去給你親戚用，你沒有注意到？那麼多人進去，都是帶着東西退出來的，不是真正的古董，他根本不要。賈玉珍是一個奸商，他懂得如何壓價錢，我要他付出公平的代價，這屏風是真正的古董，一定極有價值，我們不懂，他懂，不然，他三分錢也不會出。」

那朋友還將信將疑，結果跟我回家，拿了我的支票走，留下了屏風。

賈玉珍來得之快，真出乎我的意料之外，我才坐定，不到十分鐘，門鈴響，老蔡走上來，在書房門口道：「有一位賈玉珍先生來見你。」

老蔡把賈玉珍的名片放在桌上，我詫異之餘，忙道：「快請！快請！」

賈玉珍顯然趕得很急，走上來時，額上滿是汗珠，他和我打了一個招呼，就自行動手，把包在屏風外面的紙，扯了開來，看着。

令我對他印象稍為好了一點的，是他那種專家的眼光。當他盯着那扇屏風看的時候，和一個病理學家在看病原體、一個天文學家在觀看星辰、一個電腦專家在看集積電路時的眼光，完全一樣，這種眼光，表示對這件東西有極深刻的了解，絕不是普通的欣賞。

我不去打擾他，由得他看，他看了十來分鐘，又用手指甲，刮着屏架的木頭，刮下一點木屑，看着，然後，他抬起頭來：「好吧，加一個零。」

我怔了一怔，加一個零，那是三萬美金了，如果他第一次開口，就說出這個價錢來，那我一定一口答應。這時，我忽然想起了中國民間傳說中出售寶物的事：收買古董的人向寶主人買貨，寶主人根本不知自己有的是寶，隨便伸出五隻手指，意思是五兩銀子就夠了，但古董商卻回答：好，五千兩，寶主人高興得昏了過去……

這一類的故事，在兒童時期，聽得很多，看得很多，想不到有朝一日，會變成親身經歷。我望着賈玉珍，搖頭道：「加一個零？加兩個零也不行。」

賈玉珍直跳了起來，禿頂上變成了紅色，指着我道：「你……你……你……」

我悠然道：「你會做買賣，我也會。」

賈玉珍取出手帕來，抹着額上的汗，不客氣地叫着我的名字：「衛斯理，我敢保證你不知道這屏風珍貴在什麼地方。」

我真是不知道，可是卻不甘示弱，微笑着：「我知道它值多少。」

賈玉珍盯着我，半晌講不出話，接下來的十分鐘，他只是繞着屏風打轉，然後道：「值不到加三個零。」

三千美元，加兩個零，已經是三十萬了，要加上三個零的話，便是三百萬美元，老實說，我也認為值不到這個價錢。

但是既然是和一個奸猾的古董商在打交道，也就不能不狡猾一點，我只是保持着微笑，問：「你經營古董店有多久了？」

這句話，想不到所引起的反應，就像是在他的光頭上敲了一記，令得他極其憤怒，立時道：「在你父親還穿開襠褲的時候，我已經認識古董了。」

我並不生氣，只是道：「那麼，你應該知道，至少可以加三個零。你知，我知，何必再多費唇舌？」

賈玉珍的樣子，像是要把我吞下去，過了一會，他才道：「唉，我錯了。」

我吃了一驚，不知道他這樣說是什麼意思，他又嘆了一聲，才又道：「我錯了，原來你真知道這扇屏風的來龍去脈。好，我就出三百萬美金。不過我先得看一看，要是裏面的東西不在了，三元錢我也不要。」

我還不知道他所說的「裏面的東西」是什麼意思之際，他已經取起了我書桌上的裁紙刀，一下子，就把屏風上鑲嵌的那個西王母的頭，撬了下來。

我陡地吃了一驚，盡量保持鎮定，看他究竟在幹什麼。

這時，我知道屏風有夾層，賈玉珍一看就知道了，夾層中的東西，一定極其珍貴，至少可以值三百萬美金。

我心中不禁有點嘀咕，是不是價錢要得太低了呢？賈玉珍像是看透了我的心意，瞪了我一眼：「價錢已經最高，我不會將它再賣出去，留着自己有用，你也該知道，除了我之外，別人不會出這個價錢。」

我倒有點不好意思，為了掩飾尷尬，我避開了他的眼光，轉過頭去。

就在我轉過頭去之際，我聽到了輕微的「啪啪」兩下聲響，再轉過頭來時，我看到賈玉珍已經把屏風摺起來，我不禁罵了自己一聲「該死」。

賈玉珍的動作快，剛才那「啪啪」兩下聲響，顯然一下是打開夾層，一下是合上的聲音。他看清夾層中的東西還在，這從他的神情中可以看出。可是我卻沒有看到，不知道夾層中是什麼東西。

本來，事情很簡單，我可以問他：「裏面是什麼東西？」

可是這句話，我當時卻問不出口，因為我剛才還裝出了一副「早知秘密」的樣子，把這屏風的價錢抬高到了這一地步，現在再去問他，這面子怎麼下得來？

賈玉珍這滑頭，連提都不提，他甚至不將那扇屏風放下來，折疊好，挾在胦下，動作艱難地開着支票。

他把面額三百萬美元的支票，交到我手裏，我更不好說什麼了，價錢是議定的，一手交錢，一手交貨，東西已經是他的了，我總不能強搶過來，看看那屏風中藏的是什麼。

他半秒鐘也不停留，立刻就走，等我到了書房的門口時，他已經下了樓，走出去了。老蔡在樓梯下大聲道：「怎麼一回事？這禿子搶了東西？走得那麼急？」

我只好苦笑，我幫人家做成了一宗大交易，自己的心中卻多了一個謎。

我回到書房，看着那張支票，撥電話給那朋友，當我說出三百萬美元這個數字時，我沒有聽到那朋友的回答，只聽到「咕咚」一聲響，那朋友可能是昏了過去，跌倒在地上了。

後來證明，他雖然沒有昏過去，可是真的由於吃驚太甚，在地上摔了一跤。後來，他和委託他出售屏風的那個親戚，向我千恩萬謝，不在話下，那個親戚是一個很乾瘦的中年人，看得出他被生活擔子折磨得很苦，現在有了那麼大筆錢，對他來説，是最快樂的事，他提出來要分我一半，我當然拒絕了。

我對他道：「賈玉珍是一個十分精明的古董商人，他有過人的眼光，不會花多一元冤枉錢。問題是我們不知道那扇屏風何以那麼值錢。」那人囁嚅地道：「是啊，再也沒有想到，竟會那麼值錢，能賣個一兩萬，我已心滿意足了。」

我道：「這東西是怎麼到你手裏的？來龍去脈，希望你詳細對我説説。」

那人皺着眉，道：「是祖傳的，我祖父傳給父親，那時候，我們家道還很好，因為時局變化，要往南逃，我還很小，祖父説他年紀大，不走了，要我父親走。在臨走的前一晚上，城裏已經可以聽到炮響，祖父把那扇屏風取了出來，交給父親，告訴他説，這是很值錢的東西。」

我立時追問：「令祖父沒有説它值錢在什麼地方？」

那人側頭想着：「當時我祖父和父親的對話，我記得十分清楚，可以一字不易地講給你聽。」

我忙作了一個手勢，催他快說。

（以下是那時的一段對話，這段對話，是一個動亂時期，將要分開的一雙父子的對話，聽來很普通，但對整個故事，有相當重要的關係，所以照錄在下面，對話的雙方，一個是「祖父」，一個是「父親」。）

父親：（看着屏風，神情不明）這不過是雜色玉石鑲嵌的東西，我看不很值錢，還是不要帶了吧。

祖父：（沉思地）不，要帶着，這東西我得到的經過十分奇特，而且告訴我價錢的那個人，他不會騙我，因為我救過他的命。

父親：（訝異地）哦？

祖父：那時，我在一個偏僻的縣份當縣官，有一個遊方道士，受當地的一個篤信道教的富戶供養，凡心未淨，竟然和富戶的一個姬妾勾搭上了，被富戶捉姦在牀，幾乎要活活打死，打了一頓之後，又送到官府來，一定要把他處死。

父親：（悶哼）那時代真黑暗。

祖父：（感慨地）我做官問良心，那富戶許了我一千兩黃金，要把這遊

方道士問成死罪，遊方道士也自分死定了，一句話也不說，我考慮了一個晚上——

父親：考慮了一個晚上，為什麼還要考慮？

祖父：唉，黃閃閃的一千兩黃金啊，我又不是包龍圖，總難免也受到誘惑，到臨天亮，我下了決心，把那遊方道士從牢裏提出來，叫他快離開。那道士死裏逃生，對我自然感激莫名，就把那扇屏風送了給我。

父親：那也不能證明這東西值錢，就算他說了值錢，也可能是因為他要報答你，胡說八道。

祖父：你想想，我放棄了一千兩黃金，怎會再要他送給我的值錢東西？那東西再值錢，也不會值一千兩黃金吧？我是因為他的一番話，才收下來的。

父親：哦？他當時說了什麼？

祖父：那道士說，這屏風，是他從四川青城山的一個道觀中得來的——他沒有說怎麼到手的，我看這道人的品格很有問題，他會去勾引富戶的小老婆，多半是他從那個道觀中偷來的。他說，這屏風中有極深的玄機，要是能參透，那就不得了，可惜他凡心未盡，一點也參不透，又出了漏子，所以留着也沒有用，希望我好心有好報，會參透玄機，我看這也不是很值錢的東西，他又說得誠懇，所以就留了下來。

父親：（有點嘲笑地）那麼，你參透玄機沒有？

祖父：（有點惱怒）叫你帶着它走，你偏有那麼多囉唆，我等凡夫俗子，哪有那麼容易就參透玄機的，叫你帶着，你就帶着。

父親：（老大不願意，但又不敢再說什麼）是，我把它帶着。

那人繼續道：「我父親帶着它離開了家鄉，來到這裏，環境一直不好，他死之前，想起了祖父的話，我實在沒辦法了，才拿出來賣，真想不到，可以賣那麼好的價錢，真是……真是想不到。」

我笑了一下，道：「那屏風中，有一個夾層，夾層裏面的東西才值錢。」

那人怔了一怔，和我那朋友齊聲問：「夾層中是什麼東西？」

聽到他們這樣問，我不禁很懊喪：「我不知道，賈玉珍知道，不過我當時和他討價還價，裝出一副在行的樣子，自然不好意思問他。我看那屏風很薄，

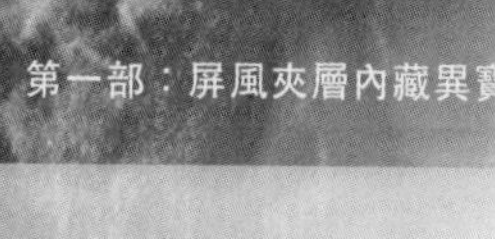

就算夾層裏的東西再貴重，這個價錢已差不多了。」

那人忙道：「當然，當然，我心滿意足之至了，管它是什麼。」他說着，又笑了起來：「所謂內有玄機，原來就是有夾層，我看那遊方道士和我祖父，他們無論如何也想不到。」

我那朋友道：「奇怪，賈玉珍怎麼知道的？」

我的答案，只是我的猜想：「賈玉珍對古董的知識很豐富，他可能在什麼冷門的記載之中看到過，或者是聽人說起過，所以知道。」

我朋友搖着頭：「真不可思議，青城山裏不知有多少道觀，來自一個小道觀中的東西，居然也有人知道它的來歷，這個人真不簡單。」

送走了他們之後，我以為這件事，已經完全告一段落了。

誰知道第二天，我一起牀，老蔡就告訴我：「那位賈先生，等着見你，已等了很久了。」

我一看時間，才上午十時，賈玉珍那麼早來看我幹什麼？難道他對這樁交易後悔了？這可麻煩得很，我連夾層中是什麼都不知道，要是他取走了夾層中的東西，再來混賴，可不易對付。我想了一想，請了他到書房相見，已經準備好了一番話去對付他。可是事情卻出乎我的意料之外，他一見我就道：「衛先生，我想直接見一見賣主。」

我冷冷地道：「交易已經完成了，你見賣主有什麼用？我看不必了。」

賈玉珍雙手亂搖，道：「你別誤會，我絕對沒有別的意思，我只是想問問他，他是不是另外還有一些古董，是我……有興趣的。」

賈玉珍說話說得吞吞吐吐，我心中想：原來是這樣，多半是屏風夾層中的東西，比三百萬美金更值錢，所以便嘗到了甜頭，又想賺更多的錢。

我笑着：「賣主並不是什麼收藏家，那扇屏風是他父親逃難的時候，他祖父硬要他帶來的。」

賈玉珍「哦哦」地答應着，也不知道他心裏在想些什麼。我心想，要是不讓他見見賣主，他也不會死心，就打了一個電話給我朋友，告訴他這件事，給了賈玉珍地址，叫他自己去找。

賈玉珍見了賣主之後，定然再也收買不到什麼，不過他可能在賣主口中，知道這屏風是怎麼到他手裏的，也在我朋友口中，知道了我是怎樣的一個人，所以從此之後，隨他高興，經常來找我。

開始的時候，我驚訝於他對古物知識的豐富，也很樂意和他談談，我也告訴他，沈萬山的「聚寶盆」的碎片，我也見過，有一個科學家高價買了去研究，發現「聚寶盆」的秘密，原來所謂「聚寶盆」，是「太陽能立體金屬複製機」。

每次交談，我都設法轉彎抹角，向他套問屏風夾層中，究竟有什麼。可是這老奸巨猾，十分機靈，每次我一開頭，他就用言語支吾過去，始終一點口風也不露。

到了六七次以後，我實在忍不住了，直截了當地問他：「喂，老賈，我實在告訴你，當初我們討價還價的時候，我一點不知道那東西值錢在什麼地方，也不知道還有夾層。」

賈玉珍老實地道：「是，當時我叫你瞞過去了，回去一想，知道上了你的當，可是我倒一點也不後悔。」

我盯着他，問道：「夾層裏面是什麼？」

他瞇着眼，回答得令我生氣：「我不會告訴你，不管你是直接問，還是想用旁的方法套，我都不會告訴你。」

我不禁大是惱怒：「那你還來找我幹什麼？」

賈玉珍笑着：「談談啊，和你談話很有趣。」

我大聲道：「恰好相反，我覺得和你談話，一點趣味也沒有。」

賈玉珍也不生氣，呵呵笑着，一點也沒有離去的意思，不過自那次以後，他來的次數少了，至少有一年沒有來了。

看，我在一開始的時候，就已經說過，要記述這件事，真不知從何開始，因為牽涉到的人和事，實在太多。

從魯爾的信開始，到介紹出賈玉珍來，已經相當複雜。我兒戲似地回了信，就隨便把魯爾的信和他隨信寄來的照片，放在桌上。

那天，賈玉珍來的時候，神情顯得有點無精打采，我反正閒着，又有一年多沒見了，也就不忍再對他惡言相向，只是問他道：「怎麼，沒有什麼值得你

收購的古董出現？」

賈玉珍嘆了一聲，用手撫摸着他自己的頭：「我有事情託你。」我在他做這個動作時，陡然呆了一呆，他本來是一個大禿頂，可是一年不見，他的頭不禿了，長着烏黑的頭髮。

賈玉珍瞪着眼：「我知道你本領大，我想找……一件東西，是玉器……」

我沒有讓他繼續纏下去，只是指着他的頭：「你禿了那麼久，怎麼忽然長出頭髮來了？那是什麼假髮，假得真好，難怪我一見你的時候，就覺得有點怪模怪樣。」

我一面說着，一面伸手就去摸他的頭髮。

這當然很不禮貌，但我也根本不準備和他講什麼禮貌。

我伸手過去，他身子縮了縮，想避開去。可是我既然有心要去摸摸他的頭，哪怕他像野兔子那樣會跳，也躲不過去，手臂一長，還是在他頭髮上，抓了一把，可是「假髮」卻並沒有應手而落，長在他頭上的頭髮是真的。

第二部

被擄上了太空船

我覺得極其訝異，因為我知道，禿頭並不是疾病，而是一種生理現象，一直到現在，某幾種病理脫髮，痊癒後，頭髮會重新生長出來，還沒有什麼辦法可以使生理的禿髮，重新長出頭髮來。世界上所有的「生髮水」，全都是噱頭。唯一的方法，就是一根一根頭髮的「種植」，那是一項十分複雜的手術。賈玉珍雖然花得起這個錢，可是看起來，他絕不會去做這種手術。

我揪着他的頭髮，心中奇怪不已，賈玉珍現出很氣惱的神情來。

他一生氣，我更進一步注意到，賈玉珍看來，比實際年齡輕了，我的意思是，比我上次見他的時候，他看起來年輕了，而且，涵養工夫，也沒有以前那麼好。我繼續取笑他：「咦，你看起來年輕多了，是用什麼方法保養的？找整容醫生拉過臉皮？」

賈玉珍氣惱更甚，但是又不敢發作，他瞪了我一眼：「是揀陰補陽，你的好奇心滿足了吧？」

我不再說下去，只是打量着他，心中仍然不免奇怪。

賈玉珍苦笑了一下：「我想託你找兩件玉器，大約是漢朝時的物品，它的形制是——」

我不等他講究，就叫了起來：「你瘋了！漢朝的玉器，有幾十幾萬件，有的埋在地下，可能不知道握在什麼死人手裏，或是含在什麼死人口裏，就算流傳下來，出了土的，也不知多少，光憑它的形狀，誰能找得到？神仙也找不到！」

賈玉珍聽我嚷叫着，嘆了一聲：「神仙？神仙一定找得到的。」

我又是好笑，又是好氣：「那你就去找神仙，別來找我。」

賈玉珍一副苦惱的樣子，又在頭上摸了摸——那是他禿頭時候的習慣，現在頭上雖然已經長了頭髮，但是習慣還沒有改。我真想伸手過去，再在他頭上狠狠抓一下，看看他那些頭髮是不是移植上去的。

他嘆了一聲：「是的，我知道很難，漢玉，留傳的極多，我一生見過的不知多少，那兩件東西……唉，聽說，曾在康親王的府中，有人看到過——」

我笑道：「那你就該自己去找，康親王府上的古董流到哪裏去了，你最明白。」

賈玉珍站了起來：「你以為這一年來我在幹什麼？就是在找那兩塊漢玉。可是那真比大海撈針還難。」

我道：「比在沙漠中找一粒指定的沙子更難。」

賈玉珍望着我：「我想你神通廣大，或者可以，唉，算了吧，別再提了。」

他一面說，一面揮着手，由於他動作幅度大了些，一揮手間，把我書桌上的一疊書、文件，揮得倒了下來，跌在地上。

我搖頭，他也連連道歉，馬上俯身，替我去拾，他拾起了幾本書，放好，再彎下身去，就在這時，我突然聽得他發出了一下驚天動地的驚呼聲。

說他的那下呼叫聲「驚天動地」，實在並不算過分，首先，我陡地震呆，足有三秒鐘之久，不知道如何反應。

這對我來說，極其罕有，我經歷過無數凶險，全靠反應敏捷，才能在極惡劣的處境之中，化險為夷。若是經常震呆達三秒鐘，早就死了不知道多少次了。

可是一來由於賈玉珍的那一下叫聲，實在驚人，二來，隨便我怎麼想，我也無法想得出賈玉珍有什麼理由，要發出驚叫聲來。

緊接着，書房門「砰」地被推開，白素像旋風一樣，捲了進來。

她來得快，停得也快，立時望着我，疾聲問：「什麼事情？」

什麼事？我也不知道。因為我坐在書桌之後，賈玉珍本來隔着桌子，坐在我的對面，他站起來，碰跌了書，彎下身子去拾，我和他之間，就有桌子阻隔了視線，所以我不知道發生了什麼事。

我連忙站起，去看賈玉珍，白素也向賈玉珍望去。

只見賈玉珍彎着身，手中拿着一張照片，盯着在看，兩隻眼睛，像是要裂了開來，他的一生之中，只怕再也沒有一次可能把眼睛睜得更大。

從他的姿勢來看，他剛才發出一下那麼驚人的呼叫聲，由於看到了他手中的照片所發出來，而那照片，是夾在書和文件之中，剛才在他一揮手時，一起碰跌下來的。

那張照片，是什麼照片呢？就是魯爾寄給我的那封信中，附來的兩張照片之一。

我一看到這種情形，不禁陡地一呆，立時自己告訴自己：不可能吧？不會那麼巧吧，難道賈玉珍所要找的那兩件玉器，就是這兩件？

我直到這時，才注意地看了一下那張照片，那東西看來形狀的確有點怪，像是一件玉符，形狀不規則，邊緣有着參差不齊的鋸齒，在照片上，看不出它的大小，照片拍得相當模糊，依稀可以看出，上面有一些文字刻着，隔得遠，我也看不清。

白素也看到了賈玉珍怪異的姿勢，她向前踏出一步：「賈先生，你怎麼啦？」

這傢伙，真不是東西，白素好意去問他，他陡然站了起來，動作快到了極點，幾乎將白素撞倒，他竟連理都不理白素，人像是瘋了，指着我，尖聲叫着：「衛斯理，你……你……你……」

他的臉脹得血紅，如果他血壓偏高，只怕一定會有三組以上的血管，就此爆裂。

我本來想罵他對白素無禮，但一看他如今這樣的情形，知道還是先讓他安靜下來的好，我一面做着手勢，一面道：「你如果告訴我，你要找的……玉器，就是這兩件，我決不會相信。」

賈玉珍的聲音變得嘶啞：「真是這兩件，我也不相信，可是，真是……這兩件。」

他說到後來，不但聲音嘶啞，而且哽咽，由此可知他的心情，真是激動到了極點。

白素來到了我的身邊，我把經過簡單地和她講了幾句，又把另一張魯爾寄來的照片，找了出來，推到了賈玉珍的面前：「這是它們的另一面。」

賈玉珍拿着相片，手發着抖，好半天，他才說道：「好，你開價吧。」

我仍然不能相信：「這……真是你要找的東西？怎麼那麼巧？」

賈玉珍喘着氣：「這有什麼稀奇，仙緣一定巧合。」

我和白素都只當他在胡說八道，白素的心腸比較好，她先作了一個手勢，令賈玉珍鎮定，才道：「賈先生，你看看清楚，是不是真是你要找的東西。」

賈玉珍吸了一口氣，吞了一口口水，又不經我許可，拿起了我的茶來，大口喝了兩口，再把那照片看了片刻，看起來，他的激動已經過去了，他才點頭道：「我可以肯定，實物在哪裏？」

我不禁苦笑，實物在東德一個小地方的農民手中。他看來那麼心急想得到這東西，所以我道：「你別心急，聽我慢慢告訴你。」

賈玉珍陡地一拍桌子，用近乎吼叫的聲音向我道：「你不用吊我胃口，你一定知道我在找這東西，先我一步找到了，好來敲我竹槓，你只管開價錢好了，我最多傾家蕩產。」

本來，賈玉珍對我說這種話，我一定生氣之極，立刻把他拉出去了。可是我聽得他竟然願意傾家蕩產，得到那兩件東西，我也不禁怔呆。

我也顧不得發怒，取過照片來，仔細看看。在照片上看來，那實在不是什麼了不起的東西，魯爾的信中說它可能是玉的，就算是最好的玉，價值也不會太高。

可是，賈玉珍卻說出了那樣的話來。

在我思疑之際，賈玉珍已催道：「怎麼樣，你只要開得出價錢來，我就答應。」

我嘆了一聲：「老賈，我不想騙你，我一點也不知道你在找這兩件東西，而這兩件東西，是一個德國人寄了照片來給我，請我告訴他那是什麼。」

賈玉珍現出一副絕不相信的神情來，我在桌面找着，找出了魯爾給我的那封信：「你自己看。」

信是用德文寫的，賈玉珍看不懂，瞪着眼，我道：「你可以請白素翻譯，我會騙你，她絕不會騙你。」

賈玉珍果然把信交給了白素，這封信，由於在收到的時候，全然是無關緊要的一件小事，所以我也不曾向白素提起過，白素也是第一次看到。

白素一面看，一面就翻譯給賈玉珍聽，賈玉珍聽了之後，氣咻咻地問：「地址呢？那個……魯爾的地址呢？」

白素把信上角的地址指給他看，賈玉珍的行動，真出乎人意料之外，他竟然立時一伸手，自白素的手中，把那封信搶了過去，緊緊捏在手中，同時，向後退了兩步，來到了門口。

他的神情緊張之極，看來，如果我去搶回這封信的話，他會和我拚命。

他到了門口之後，尖着聲道：「衛斯理，我不會忘了給你好處，一定會好好謝你。」

他話才一說完，轉身向外便奔，幾乎從樓梯上直滾下去。本來，我要截下他，不讓他逃走，輕而易舉。

但是我身形才一動，白素便已作了一個攔阻的手勢：「由得他去吧。」

我皺眉道：「你老是同情這種莫名其妙的人。」

白素淡然一笑：「事情本來和我們一點關係也沒有，但是對他來說，可能極其重要，那就與人方便算了。」

我大聲道：「對這傢伙？哼，他連告訴我一下，那扇屏風的夾層之中有什麼都不肯。」

白素的心地極好，總是替他人着想：「或許，他有他的困難。」

這時，賈玉珍早已離開，追也追不上了，我一半惱怒，一半無可奈何：「或許，屏風夾層之中，是一張治禿頭的藥方。你看他，本來頭頂光得發亮，

一年不見，就長了一頭頭髮出來。」

白素笑道：「那也只好由得他，他是花了三百萬美金買的。」

我憤然道：「三百萬美金？真要有那樣一張包治禿頭的藥方，可以賺三千萬美金。」

白素笑着：「你想，真可能有嗎？」

我也不禁笑了起來，那當然只是說說而已，實際上沒有這可能。

賈玉珍就這樣，拿着魯爾的信逃走了，第二天，我打電話到玉珍齋去找他，答覆是：賈先生昨天連夜離開了。

我放下電話，心想，難道賈玉珍到東德去了？

在接下來的幾天中，我有便，曾把那兩張照片，給懂得中國古代玉器的人看過，他們的意見，綜合起來，大抵如下：

看起來，像是一種玉符。中國舊玉器的形制十分複雜，像這種形狀不規則的東西，多半是玉符，用來作調兵遣將的信符，漢以前和漢代，都有使用。

只有一個人看了半天之後，發表他獨特的意見：「我看這兩件玉器是

『瓏』，雖然形狀奇怪一點，但可能是。這種玉器，是一種祀天的玉器，祭祀者握了這種玉器在手，據說，就可以和上天通消息，把自己的要求告訴上天，例如用來求雨。」

鬧了半天，沒有一個專家可以說得出那東西真正是什麼。

我自然不會專門去研究那是什麼，只是奇怪於賈玉珍那樣對古物有知識的人，會那麼急切於得到它。想來想去，想不出答案，自然也算了。

其後，我因為其他的事忙着，早把魯爾、賈玉珍忘記了。大約兩個月之後，那天晚上，晚飯之後，白素拿着報紙，來到我身邊，說道：「看，有一則消息，你可能有興趣。」

我那時正在看書，所以並沒有接過報紙來，只是歪過頭去，看了一下，標題是：「大量罕見中國古物，首次在東柏林作盛大展出」。內文是：「總店設於英國倫敦的玉珍齋，是經營中國珍罕古物的權威，主人賈玉珍先生，對鑒定中國古物，有極高的超卓知識。此次展品超過兩百件，由他本人主持。據賈氏稱，希望他鑒定中國古物價值者，他可以免費代為鑒定。」

我看了這則消息之後，想了一想，奇道：「怪，看起來，他沒有得到他要的東西。」

白素道：「是啊，如果已到了手，就不用那樣做了。如今他顯然是要藉這個展覽會，把魯爾引出來，奇怪，他不是拿了魯爾的地址，立即去找他了麼？」

我在這時，做夢也想不到賈玉珍找不到魯爾的原因是什麼，只是奇怪：「是啊，照說，他一到東德，就可以依址找到魯爾，我看，只要他肯出一千美金，那東德人就高興莫名了。」

白素道：「顯然他進行得並不順利，要不然他何必這樣勞師動眾。看起來，他對那塊玉，倒真是志在必得。」

我心中對這件事，一直存疑：「實在沒有道理，任何人都說，古玉器，即使上溯到三代，也不是什麼名貴的東西。」

白素吸了一口氣：「賈玉珍這個人，有點像是傳說中的『覓寶人』，他能看出人家看來很普通的東西原來是寶物，我看那東西一定另有來歷和特別的意義。」

我用手指敲着報紙：「那恐怕只有賈玉珍才知道。」

這一晚的對話，到此為止。不過我知道白素的脾氣，她如果對一件事有興趣。一定也會去查根究底。白素顯然在留意這件玉器的來歷，可是也沒有結果。

在那天晚上談論過賈玉珍之後的半個月左右，也是晚上，電話響，拿起來一聽，是來自東柏林的長途電話。我不禁怔了一怔，在德國，我有不少朋友，但是記憶之中，沒有熟人在東柏林。

在和接線生講過了話之後，我聽到了一個熟悉的聲音：「衛斯理嗎？我是賈玉珍。」

賈玉珍！這更使我感到意外，我道：「你好，你在開展覽會？東德政府給你麻煩了？」

東德是鐵幕國家，對去自倫敦的一個古董商人，未必會有什麼禮遇，所以我才這樣問他。

賈玉珍的聲音聽來很苦澀：「不是，他們對我很好。衛斯理，你能不能到東柏林來一次？我有一件十分重要的事，要請你幫忙。」

我在一時之間，簡直不敢相信自己的耳朵，以我和他的那種交情而論，他竟然敢提出來要我萬里迢迢到東柏林去一次的要求！

我真不知道賈玉珍這人打的是什麼主意，我也懶得跟他生氣，我只是冷冷地回答：「對不起，絕無可能。」

賈玉珍叫了起來：「你要多少代價，隨便你說，我都可以答應。」

他這個人，就有這種本事，我明明不屑和他生氣，可是他非要弄得我生氣不可，我也提高了聲音：「去你媽的代價，多少錢都不行。」

賈玉珍急速的喘着氣，聽來十分驚人，他道：「或許我說錯了，衛先生——我可以保證，你來東柏林的話，一定可以遇到你一生之中，從來未曾遇到過的奇事。」

我「嘿嘿」冷笑着：「別把奇事來引誘我，我遇到的奇事已經夠多了。」

當我說了這一句話之後，我已經準備放下電話了，可是還是聽得他在叫嚷：「你來，我把那屏風中有什麼講給你聽。」

我連回答都懶得回答，「啪」地就放下了電話。他要我先答應到東柏林，然後再把屏風夾層中有什麼告訴我，這是他犯的大錯誤。

就算我再想知道那個秘密，也不會被他要脅。如果他什麼條件也不提，在電話裏，就把那個秘密告訴了我，或者對他的要求，還有考慮的餘地。

在那個長途電話之後，一直沒有賈玉珍的信息，又過了十來天，那天晚上，我和白素分別參加了兩個不同的宴會，我參加的那個，是一群天文學家的聚會，邀請我去的，就是那個託我賣屏風的朋友。

聚會很愉快，聽一群天文學家講關於天體的秘奧、宇宙的幽深，真是十分快樂的事。所以等我離開的時候，已經過了午夜。

我的車子停在離聚會處有一條街道的一個橫街上，我一面想着剛才的交談，一面不斷地抬頭，看着星空，很有點神馳天外的感覺。

來到了車子前，才用車匙打開了車門，就聽到車子裏傳出了一個人的語聲來：「衛先生，維持姿勢，別亂動，有四個神射手，正用足以令一頭大象斃命的武器指着你。」

我怔了一怔，看到駕駛盤上，放着一架小型的錄音機，聲音由那架錄音機發出來。

我呆了半秒鐘，根本不聽警告，伸手將錄音機取了過來，頭也不回，將之拋了開去。

同時，我也進了車子，去發動車子，當作完全是沒有這回事。

車子駛了不到三公尺，車身陡地震動，我聽到了幾下輕微的爆炸聲，整輛車子就無法再前駛了。

毫無疑問，有人射穿了我車子的四隻輪子。

我十分鎮定地坐在車中，等候對方進一步的行動。我相信對方如果要在黑暗中監視我，一定配備有紅外線望遠鏡，我絕不能讓對方看到有驚惶的神色。所以，我不但鎮定，而且還好整以暇，取出了煙來，點着，徐徐地噴了一口。

我噴出了第二口煙，對方出現了，一共是四個人，行動十分快捷，從橫街的陰暗角落處，像老鼠一樣竄出來。

我已經盤算好了如何對付那四個人，其中有一個，向着我身邊的車門衝過來，只要他一到近前，我用力打開車門，就可以把他撞倒，然後，我就可以側着身子滾開去，避開另外三個人的攻擊。

我把注意力集中在那個在我左首奔過來的那人，突然「啪」地一聲響，車頭玻璃，陡然碎裂，一枚煙幕彈射了進來。

我只好先打開車門，着地滾出，那人陡然停步，我已經橫腿一掃，掃中那人的小腿。

那人腿骨的斷折聲，在黑夜中聽來，十分清脆悅耳，他立時向下倒去，令我驚訝的是，腿骨斷折的痛楚，不是普通人所能忍受，那人竟然連哼都沒有哼一聲。

我待要一躍而起，奔向陰暗角落，可是另外三個人，已經奔了過來，我看得出他們的手中，全都持着手槍。

這時，我犯了一個錯誤，我認定他們不會殺我，所以我向上彈跳起來。那一下彈跳，使我從臥在地上的姿勢，一變而為人在半空之中，離地至少有五十公分。

可是就在我一躍而起之間，那三個向前奔來的人，卻毫不猶豫地扳動了槍機。

我聽到了槍機扳動的聲音，身子又在半空之中，三個人自不同的方向衝過來，任何人都沒有法子可以避得過去。

我看到幾絲亮光閃動，還未曾落地，覺得身上各處，至少有七八下刺痛，我張口想大叫，但卻沒有聽到自己的聲音，接着，連是怎樣跌下地來的都不知道了。

一個人，躍起五十公分高，再落下來，所需的時間不會超過十分之一秒，而我就在那時間中，喪失了知覺。

白素在一小時之後趕到我失蹤的現場。有兩個參加聚會的天文學家，遲我一步離開，發現了我的車子，立刻通知警方，警方人員看到車子的四隻輪胎，不知道被什麼力量炸去了一小半，感到事態嚴重，便通知我的家人。

所以，白素和高級警官黃堂，同時來到。警方的探射燈，集中在我的車子上，軍火專家在仔細察看着我的車子。

白素一聲不響，來到了車旁，黃堂過來和她握了握手：「衛先生的車子受到了一種小型火箭的襲擊。這一種小型火箭，通過一種有高度滅聲裝置的發射器發射。」

白素的臉有點蒼白，視線又移到破碎的車頭玻璃上。黃堂苦笑道：「有一枚充滿了麻醉氣體的小炸彈，射進了他的車子，令得車廂中充滿了麻醉氣體。」

他一面說着，一面又指着地上：「警方人員至少已發現了三枚構造十分特殊的針，那種針是空心的，裏面儲藏着一種液體，雖然化驗報告還沒有來，但可以相信那是一種強烈的麻醉劑。」

白素「嘿」地一聲：「敵人還真看得起他。」

黃堂「嗯」了一下：「要綁架衛斯理，那可不是簡單的事。對方至少出動了三輛車子，超過六個人。」

白素揚了揚眉：「綁架？」

黃堂鎮定地回答：「肯定是綁架，如果是殺害的話，那幾枚小型火箭，不

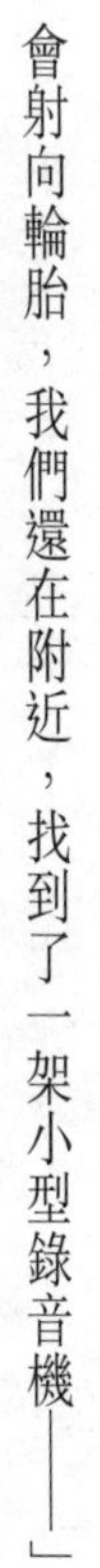

會射向輪胎，我們還在附近，找到了一架小型錄音機——」

黃堂自一個警官手中，接過一架小型錄音機來，放出錄音來給白素聽。白素聽了，同意黃堂的看法：「不錯，是綁架。」

黃堂忙問：「他近日來，生活可有什麼不正常的地方？你可知道有什麼人想綁架他？」

白素嘆了一聲，作了一個很忠實的，但是在旁人聽來，可能會以為她是胡説的回答。白素説道：「不正常？他的生活從來也沒有正常過！據我看，想綁架他的人，不單是地球人，還有外星人。」

黃堂皺着眉，他和我，和白素，曾經打過交道，雖然聽來刺耳，但也立時可以知道，白素所説的是實情。他只好無可奈何地説道：「不過看起來，綁架者使用的，是地球上最先進的武器，不像是外星人。」

白素道：「也不是普通的地球人，是不是？」

黃堂苦笑了一下：「是，而且我可以肯定，對方行事有組織，久經訓練。」

白素攤了攤手：「我是不是要回家去，等對方打電話和我聯絡？」

黃堂苦笑着，不知道說什麼才好，白素自顧自去車子附近，仔細察看，希望可以發現一些我在緊急情形下留下來的線索。

我當時太托大，我是有足夠的時間，留下一點線索，譬如說，我不好整以暇地點煙來吸，就有足夠的時間了（吸煙真是有害的！）但是我想不到對方的陣仗如此之甚，所以到後來，我連反抗的機會都沒有，就人事不省了。

白素察看了一會，找不到什麼，黃堂還在不斷向她問問題，白素確實不知道我是為什麼會被人綁架的，當然沒有法子回答他。

事實上，不但白素不知道我為什麼會被人擄走，連我自己也不知道是為了什麼。

我又有了知覺之後，立刻就知道，自己是中了強力的麻醉劑而失去了知覺的，我第一件要肯定的是我的活動能力如何。我試着伸了伸手指，手指還可以活動。

其次，我要弄清楚自己是在什麼地方。

我慢慢睜開眼來，看清我眼前的情形，首先看到的是銀灰色的牆，我處身在一個小房間，那小房間有銀灰的牆，有柔和的燈光，同時我也感到了有輕微的震盪。令我吃驚的是，我看到了一些我不知是什麼用途的裝置，各種各樣的儀表，以及一些超時代線條的椅子、架子之類。

而真正令我吃驚的是，那小房間有一扇圓形的窗子，像是船艙中的窗子。從窗子看出去，是一片深藍色，那還不奇，奇的是在那一片深藍色之中，我看到了一大一小的兩個球形體，正在一片深藍中懸浮着。

就算是小學生，一看到了那個大的球形體和它上面深淺不同的花紋，也可以知道那是地球。至於那個小的球形體，自然是月亮！

這真是使我駭異絕倫：我在什麼地方？竟然可以看到整個地球和月球！

地球和月亮之間的距離是三百八十萬公里，這是一個十分簡單的幾何算式，兩者之間相距三百八十萬公里，我要能同時看到這兩個物體，必須……

我和這兩個物體之間聯上直線，成為一個三角形，我所在的這一點的那個角，一定要是銳角，那也就是說，我距離地球或月球，都已遠超過三百八十萬公里。

那麼我在什麼地方呢？

我在一艘太空船中！不可能再有另一個答案。

我深深地吸了一口氣，舐着焦渴的口唇，坐了起來，這才發現我躺在一張相當舒適的牀上，牀很小，我才坐起來，還未曾出聲，在我面前的椅上，卻「唰」地一聲響，現出了一個熒光屏來。

我沒有別的事可以做，心中十分亂，和外星人打交道倒不是第一次了，害怕驚惶全都沒有用，所以我只是盯着那熒光屏。

熒光屏上，先是現出了一些雜亂無章的線條，接着，就出現了一個亮圓點，只有手指甲那麼大小，再接着，那圓形的亮點就開始變形，變成一團不斷在變幻着的、亂絲一樣的雜亂線條，變了將近一分鐘，又成為一個亮圓點。

在熒光屏上出現這樣的線條，我倒並不陌生，在雙線示波的示波儀上，X—Y的橫直標混合顯示，就會出現這樣的情形，那是表示有聲音在發出來。可是我卻聽不到有聲音。

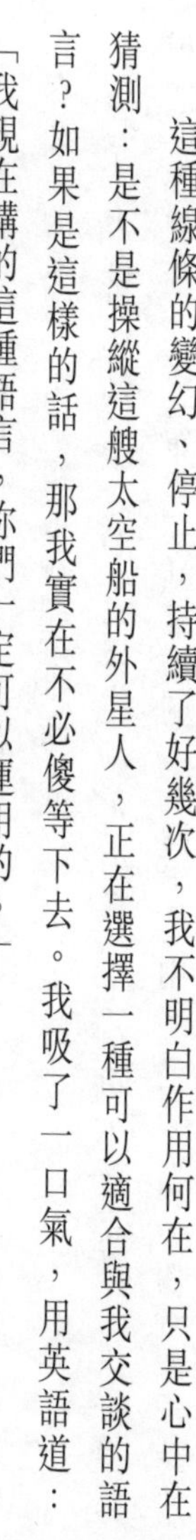

這種線條的變幻、停止，持續了好幾次，我不明白作用何在，只是心中在猜測：是不是操縱這艘太空船的外星人，正在選擇一種可以適合與我交談的語言？如果是這樣的話，那我實在不必傻等下去。我吸了一口氣，用英語道：「我現在講的這種語言，你們一定可以運用的。」

在我講了這句話之後，不到一分鐘，就聽到了聲音，聲音從房間的四個角落處一起傳出來，是一個聽來生硬而又標準的英語：「是，可以運用。」

在聲音傳出來的時候，熒光屏上那一團線條的變化，和聲音的高低相配合。

我鬆了一口氣，可以用語言交談，那麼，情形自然好得多了，我道：「你們想幹什麼？」

從房角傳出來的聲音道：「衛先生，以下，是我們發問，你回答，如果你合作，我們會送你回去，要不然，你可以看到，現在你離開家鄉多麼遠，不論你本領多大，也回不去。」

向窗外看了一下，地球和月亮看來正在迅速變小，我不禁打了一個寒顫，如果要我就此向他們屈服，我也不會，悶哼了一聲：「不錯，我離開家鄉很遠，但是我相信，你們離開家鄉更遠。」

那聲音道：「那又怎樣？」

我笑了起來：「或許，我進行一些什麼破壞，可以令我們大家都回不了家鄉。」

那聲音聽來冰冷：「衛先生，說點有意義的話。」

我也知道我這樣說，不會有什麼作用，在一艘異星人操縱的太空船上，我能有什麼作為？可是在任何情形下，我都不服氣，這是我的脾氣，所以還是道：「或許，為了使我的話變得有意義，我應該做點有意義的事？」

一面說着，一面我已一躍而前，來到了一組儀表之前，一副不懷好意的神情。

那聲音道：「如果你破壞了那些儀器，就是破壞了你生存的條件，那種你生存必需的氣體，由這組儀器操縱供應。」

我本來確然有破壞之心，但是一聽得這樣說，倒也不敢妄動，只好憤然道：「我生存，不是單靠那種氣體的，我還需要兩個氫原子和一個氧原子結合的那種液體。」

我的話才一出口，一塊活板「唰」地移開，在活板之後，是一大瓶蒸餾水。

何以我一看到那隻大瓶，就肯定那是蒸餾水呢？因為在地球上，這種大瓶，是專門用來裝蒸餾水的，大瓶倒放在一個裝置之上，那種裝置，使得要用水的人，按下一個按鈕，水就會從這個大瓶之中流出來。

看我的形容，好像很複雜，其實這種裝置，極其普通，幾乎在大小城市中，隨處可見。

我立時走過去，按了那個按鈕，還下意識地去看一下，是不是有可以供我用來盛水的紙杯。

在那個裝置上，的確有着一個槽，用來放紙杯用的。不過這時，槽中並沒有紙杯，所以我就只好俯下身，仰起頭來，用口對準了流出來的水，大口吞着。

我不厭其煩地說喝水的經過，因為由於我用那種古怪的姿勢在喝水，所以我才看到了如果我直立時，絕看不到的一個方位。在那個灰色金屬的裝置上，我看到有一條長方形，金屬的顏色，比整個裝置來得新，顏色要深許多。

一看到這樣的情形，我心中不禁呆了一呆，一面仍然大口地喝着水，一面在想：何以這裏會有一個小長方形的顏色特別新？一定是曾經被什麼東西長期遮蓋過。從形狀大小來看，那是什麼呢？對了：一定是製做這個裝置的工廠的一個商標，本來是在上面的，最近才被拆了下來，所以留下了比較新的痕迹。

想到這裏，問題應該已經解決了？可是卻相反，我更覺得思緒雜亂得可以，覺得其中有一個十分矛盾之處，可是一時之間，卻又抓不住中心。

抗衰老素合成公式

我想找出是什麼使我感到不合理，可是愈着急，愈想不出來，我已經喝了十七八口水了，其勢不能一直維持這樣的姿勢，喝個不停。

所以，我直起身子來，用手背抹着自口邊流出來的水。

那聲音在這時又響了起來：「如果你肯合作，那麼，一切都不成問題，不然，你將會被彈出去，在距離地球八百萬公里的太空之中飄浮，永遠是一具太空浮屍，希望你的同類有朝一日會發現你的屍體。」

那冰冷的語調，講出這樣的話，令人不寒而慄，我無話可答，只是悶哼，心中奇怪：他們要問我什麼？我有什麼消息可以提供給外星人？難道又有外星人的屍體留在地球上，要我去弄出來？

我心中十分亂，那聲音卻已提出了問題：「地球人抗衰老素的合成公式，告訴我們！」

我無法想像第一個問題，竟會這樣，這算是什麼問題？這問題根本不能成立！

這問題要能成立，首先，要地球上真有了「抗衰老素」。

地球上所有的生物，都會衰老，衰老的原因十分複雜，科學家在拚命研究，只知道如果缺乏某種內分泌，或某些內分泌的機能不正常的話，人就特別快衰老，十歲的小孩，可以老得和八九十歲一樣。所有人，都無可避免地要衰老，只是快點、慢點而已。而所謂「抗衰老素」，那是一個新名詞，實際上，同類的東西，一直是人類夢想中的寵物，從秦始皇要去找長生不老藥開始，一直到近代的醫學，用羊胎素或經常換血來使衰老減慢。

然而，不論怎樣，衰老總是在每一個人的身上進行，到如今為止，還沒有「抗衰老素」這東西。既然沒有「抗衰老素」，那麼這個問題，自然不能成立。退一百步來說，已經有人發明了「抗衰老素」，那和我又有什麼關係？這一輩子接觸過的怪東西多，可是，「抗衰老素」，真是只聽到過，絕對沒有接觸過，怎麼向我問起它的合成公式來了？

在乍一聽到這個問題之後的幾秒鐘，由於問題太怪異，所以除了不斷地眨眼，完全沒有別的反應。

但接着，我陡然「哈哈」大笑起來。

那聲音有點惱怒：「你笑什麼？如果你不記得這公式，公式在什麼地方？」

我不理會那聲音又說什麼，只是笑着，笑了好久，才道：「你們弄錯了，捉錯了人！我根本不知道什麼抗衰老素，我倒要看看，地球以外的高級生物，如何糾正他們所犯的錯誤。」

那聲音更是惱怒：「胡說，我們查得再清楚也沒有，你是衛斯理，一個有着許多不平凡經歷的人，掌握着抗衰老素合成公式。」

我真是啼笑皆非，一面揮着手，一面分辯：「你們真是弄錯了，我從來也未曾接觸過抗衰老素，那是誰告訴你們的？」

那聲音「哼」地一聲：「一個已經七十歲，經過你的處理，變成完全和四十歲一樣，甚至更年輕的人。」

我也惱怒起來，厲聲道：「我根本不認識這樣的一個人，世上也不會有這樣的人。」

那聲音冷笑幾聲：「你自己看，你不認識這個人？」

又是「唰」地一聲響，另一塊活板移開，又是一幅熒光屏，亮光一閃，現出了一個人的半身照片。我看了一下，覺得這個人，十分面熟，這人看起來約莫四十歲左右，真是很臉熟，但是一時之間，我卻又想不起那是什麼人。

正當我心中充滿疑惑之際，熒光屏上的影像開始活動，他伸手在頭上摸了摸。我陡地想起這是什麼人，失聲叫：「賈玉珍！」

那聲音道：「你還說什麼也不知道，你認識這個人。」

我又是好氣，又是好笑，心中想：異星人看來比地球人更不講道理。我道：「我當然認識這個人，他是一個古董商，和抗衰老素——」我本來想說「這個人和抗衰老素一點關係也沒有」，可是講到一半，就陡然住了口。因為熒光屏上的賈玉珍，看起來是一個中年人。他的頭髮看來長了一些，動作也很靈活。

我想到賈玉珍的年齡，又想起那聲音剛才所說：「一個已經七十歲的人，經過你的處理，狀況和四十歲一樣，或者更年輕。」難道這個人就指賈玉珍？可是，我實實在在，沒有掌握什麼抗衰老素的秘密，也沒有「處理」過任何人。

那聲音發出了兩下冷笑：「他已經七十歲了！你在他身上做了些什麼？不肯承認抗衰老素這個名詞，也不要緊，我們要知的是，你通過什麼方法，可以使人回復年輕。」

我攤着手，我相信外星人既然有那麼先進的設備，他們一定有一種裝置，可以通過這種裝置，看到我在房間中的情形。

而我本來就準備說實話，所以也不必特地用心去裝出一副誠實的樣子。我道：「你們聽着，這個人為什麼會看起來比實際年齡——」

那聲音有點粗暴地打斷了我的話：「不是看起來，我們替他做過詳細的檢查，他的整個生理狀況，和他的年齡不符。」

我大聲道：「好了，不管在他身上發生過什麼變化，都不關我的事，我根本沒有在他身上做過什麼，什麼也沒有！」

那聲音變得兇惡嚴厲：「你這樣子不肯和我們合作，對你一點好處也沒有。」

我又是生氣，又是惱怒，用力在門上踢了一腳：「我說的是實話，你們要是不相信，就……就……」

我叫到這裏，想過他們剛才的警告，就不由自主，打了一個寒噤。看來審問我的外星人，不肯放過任何打擊我的機會，立時冷冷地道：「就怎麼樣？把你扔在太空？我們可以慈悲一些，給你一筒你們呼吸必需的那種氣體，可以供你在太空飄浮，多生存幾小時，慢慢欣賞難得一見的太空景色。」

我不由自主喘氣。真他媽的，這幾句恫嚇，還真的能令人自心底深處，升起一股寒意。一直在太空中飄浮，變成一具太空浮屍，那是極恐怖的一種死亡方法。

我手心冒着汗，一遍又一遍地說着：實在不知道如何使老年人變年輕，也沒有什麼抗衰老素的合成公式。

可是儘管我分辯，那聲音卻一直在向我逼問。逼問的內容，十分豐富，由於我又急又怒，也聽不清那麼多，而且在逼問之中，也有很多醫學上的專門名詞，不是很容易聽得懂。

我只記得那聲音一直在問：「你發現了什麼秘密，掌握到了什麼要素？是不是可以使人體細胞的分裂繁殖，超過五十代的極限？還是使用了什麼方法，可以使細胞的生命歷久不衰？是不是特別對神經細胞、腦細胞和心臟細胞起作用……」

我和那聲音，爭持了至少有一小時之久，我發現自己連聲音都變得啞了，到最後，我啞着聲吼叫道：「你們根本不了解地球人。如果我真的掌握了抗衰老素的秘方，我已經是全世界最具權威的人了，怎麼會讓你們輕易弄了來？」

我剛才不知申辯了多少話，一點用都沒有，想不到這兩句話，倒起了作用，那聲音靜了下來。

我喘起氣來，頭痛欲裂，來到那一大瓶蒸餾水前，彎了腰，仰着頭，大口去喝水。

我又看到了那裝置上，顏色特別新的那一小塊，我腦中陡然靈光一閃，一口水幾乎沒把我嗆死，令得我劇烈地咳嗽。

就在那一霎間，我知道什麼地方不對頭了。剛才，我曾想到，那一小塊長方形的地方，顏色新，是由於原來釘着一塊小牌子，被拆了下來之故，現在我進一步想到，那個承受着大瓶蒸餾水的裝置，是金屬製成的。

金屬舊了，顏色會變，那是由於金屬氧化的結果。金屬的氧化過程，通常都相當慢，需要時日。這是一艘太空船，外星人稱氧氣為「你們呼吸需要的那種氣體」，連說了兩次。可知他們不需要這種氣體。

在一艘由不需要氧氣的異星人控制的太空船中，金屬製品如何會有氧化的現象？

這豈不是矛盾到了極點？

那聲音一直在向我逼問「抗衰老素」的合成公式，那應該只是地球人關心的事，外星人要知道地球人如何抗衰老幹什麼？他們和我們是完全不同的生物。

一想到這一點，我才真正恍然大悟，忍不住在我自己的頭上，重重拍了一下。

我只是在一間看來像是太空船船艙的房間之中，而絕不是真正在太空船上。

從窗子中看出去，我像是身在太空，可以看到地球和月亮，那一定是一種立體背景放映所造成的效果。至於那些儀器、熒光屏；在想通了之後，看起來，多麼像是電影中的佈景。

我根本不是身在太空，只是被人關進了一個模擬太空船的環境中。

一想通了這一點，心中雖然還有許多疑問，但是一下子消除了做「太空浮屍」的恐懼，心中的高興，真是難以形容，忍不住哈哈大笑。

那聲音在這時，又響了起來：「你想通了，是不是？」

我一面笑，一面道：「是啊，我想通了。把我彈出去，讓我在太空中飄浮。我很想看看太空中優美的景色，快點行動，我等着。」

我說着，雙手抱住了頭，作準備被彈出狀。

那聲音怒道：「你瘋了。」

我忍不住又大笑：「你們才瘋了。不過這辦法倒真不錯，用來逼問什麼，還真有效得很，使得被問的人以為身在太空，再也回不了地球，令他產生極度的恐懼，就什麼都講出來了，哈哈，哈哈。」

那聲音更是驚怒：「你在說些什麼？」

我大聲說道：「我說些什麼，你們太明白了，讓我猜猜你是什麼樣子？眼睛長在肚臍眼上，有八條顏色不同的尾巴？有六個頭，會噴火？」

由於識穿了對方的陰謀，雖然我還是被困在一間密室中，但是心情之輕鬆，無與倫比，所以我盡情地取笑着對方。

就在這時，我聽得在房間四角處的擴音器，傳出了幾句爭吵的聲音，急促而混亂，也聽不清在爭些什麼，但是我卻聽到有一個人首先在說：「他已經知道了——」接着，就沒有了聲音，而那一句話，卻是用德文說出來的。

我略呆了一呆，雙手作枕，在那張牀上，躺了下來。雖然我不乏和外星人打交道的經驗，但作為異星人的俘虜，被帶離地球八十萬公里，無論如何不是愉快的事。如今我知道擄劫我的人，還是地球人，那自然容易對付。

我在想：為什麼他們爭吵的時候用德語呢？我的對頭，他們是德國人？他們向我追問什麼「抗衰老素」的秘密，真是無稽到了極點。

我知道，他們爭吵的結果，一定是不再偽裝外星人，會派人來和我見面。想到我能在一個小小的破綻上，揭穿了他們的鬼把戲，不禁怡然自得。果然，不到十分鐘，開打開，我仍然躺着，轉過頭向門看去，只覺得眼前陡然一亮，不由自主，發出了「啊」地一聲。

一個極其美麗的白種女郎，站在門口，向我微笑。那女郎身形苗條，曲線玲瓏，穿着看來很隨便，但是一望而知是經過精心搭配的便服，一頭淡金色的長髮，隨隨便便垂着，襯着她雪白的肌膚，一臉青春襲人。

我呆了一呆：「請進來。」

那女郎微笑着進來。她一進來，我更加呆住了。

在那個女郎的身後，還有一個女郎在，兩個女郎簡直完全一模一樣。我看了她們足有一分鐘之久，發現她們那雙碧綠的眼睛，幾乎也同時眨動。

兩個女郎都那麼美麗動人，活脱是一個人，真叫人看得目瞪口呆。

那第二個女郎站在門口，也微笑着：「不請我也進來嗎？」

我吸了一口氣：「當然，也請進來。」

本來，我以為門一打開，會有兩條大漢，握着手提機槍來對準我，做夢也想不到，會有這樣美麗的女郎出現，而且，從她們貼身的服裝看來，她們的身上，顯然不會有什麼攻擊性的武器。

等她們兩人進來之後，小房間中，就充滿了一股異樣的芳香，令人心曠神怡，她們也不坐下（小房間中根本沒有地方可坐），只是用一種十分優雅的姿勢，並肩站着。

這樣相似的雙生女，相當罕見，我打趣地道：「你們來自哪一個星球？」

左邊的那個笑了一下：「說是愛雲星座，距離地球三百萬光年，你相信嗎？」

我笑了起來，右邊的那個道：「你怎麼知道自己不在太空船中？」

我道：「那是我的一個小秘密。」

左邊的那個又道：「本來，下一步也是輪到我們出場，表演異星人有在半秒鐘之內複製十個人的能力。」

我由衷地道：「真可惜！如果第一步就由你們出場，我可能已經相信了。」

我心中在想：這裏究竟是什麼地方？我的敵人是什麼人？

他們可以佈置一間房間，使處身其間的人，以為自己是在一艘太空船中。

又可以找到這樣一對出色的美女來替他們服務。

我又道：「相信你們成功過很多次，你們最近的成功例子是——」

左首那個脫口道：「普列維教授。」

我裝成全然不在意的態度問那個問題，目的就是想知道眼前這兩個動人女郎的身分。我也想不到會那麼順利，立時聽到了「普列維教授」這個名字。

一聽到了這個名字，我直跳了起來。那兩個女郎立時現出十分驚惶的神情，顯然她們立即覺察到，她們透露了她們身分的秘密。

我在一剎那之間，使自己的神情，變得若無其事，「哼」地一聲：「聽也沒聽說過這個人。」

接着，我又坐了下來，大聲道：「快點放我出去吧，我對你們剛才的問題，真是什麼也不知道。」

經過我的一番做作和掩飾，那兩個女郎驚惶的神色消失，各自向我投以一個感激的眼色。

事實上，我這時的心仍然跳得十分劇烈。

普列維教授這個名字，給我巨大的震撼。他是一個名人，代表美國在東德的萊比錫，參加一項量子物理的世界性會議，會議中途，突然失蹤，接着，就在東柏林出現，宣稱向東德投誠，再接着，就到了莫斯科。

由於他長期參加美國國防機密研究工作，所以他的變節，曾一度引起東西方國際局勢的緊張，美國和東德、蘇聯之間的交涉，劍拔弩張，後來終於由普列維教授作了一項電視錄影聲明，他的投向蘇聯，是完全自願的，事情才不了了之。

這是去年一件轟動科學界的大新聞，一直沒有人知道，一向淡泊自甘，埋頭研究科學，已經五十五歲的普列維教授，為什麼會突然變節？美國中央情報局和聯邦調查局，用盡了方法，也查不出原因來，原來那是這兩個女郎的傑作！

唉，普列維教授終於無法逃得脱人類最原始的誘惑，這倒不能怪他。

我定了定神，那兩個女郎也鎮定下來，向我一笑，帶起一陣香氣，翩然走了出去，門又鎖上。

她們離去，我一個人更可以靜下來思索一下。

從普列維教授變節一事來看，這兩個女郎，無疑隸屬於東德特務機構。

我和東德特務機構，半絲關係也扯不上。

何以他們認為我掌握了「抗衰老素」的秘密？我想了片刻，知道事情一定和賈玉珍有關。這其間，有一條線可以串起來。東德的一個農民魯爾，寫了一封信給我——魯爾有賈玉珍要的東西——賈玉珍到東德來活動——我被東德的特務綁架。

由此可知，一切事情，全是賈玉珍這個王八蛋鬧出來的。可是使我不明白的是，賈玉珍只和古董有關，怎麼扯到抗衰老素上去了？

我想了好久，沒有結論，正在納悶間，門又被打開，那兩個女郎再度出現，齊聲道：「衛先生，你一定很餓了，請去進餐。」

給她們一提，我才發覺自己不但餓，而且餓得十分厲害，我忙站了起來，跟着她們一起走了出去，房間外面，是一條很長的走廊，走廊中沒有其他人，一直來到盡頭，才看到兩個彪形大漢，站在門前，看到我們走來，兩個大漢推開了門，門內是一個裝飾得華麗絕倫的餐廳，一隊樂隊，正在演奏着泰里曼的餐桌音樂，一張餐桌旁，坐着兩個人，見了我，一起站了起來。

那兩個女郎沒有走進來，站起來的兩個人，一個是中年人，個子矮小而結實，另一個已有六十上下，一望而知是軍人出身，身形高大挺直。

那矮個子滿面笑容：「衛先生，幸會之至。請。請。」

我大踏步走了進去，看到幾個侍者走動的姿態，知道那全是技擊高手，看來這兩個人，一定是東德特務頭子。

我走近餐桌，坐了下來，侍者斟了上佳的紅酒，入口香醇無比，我悶哼了一聲：「當年戈林元帥，最喜歡講究排場，只怕也未曾有過這樣的享受。」

戈林是希特勒時期的空軍元帥，以講究享受生活而著名。我這樣說，一來是諷刺他們，二來，表示我已經知道了他們的身分。

那兩個人的臉色一起變了一下，但立時回復原狀，在我坐下之後，他們才坐了下來，矮個子指着年長的那個道：「托甸先生——」

我一翻眼道：「請介紹他的銜頭。」

那兩人互望一眼，年長的那個欠了欠身，自己道：「托甸將軍。」又指着那中年人：「胡士中校。」

我一面喝着酒，一面道：「對，這樣才比較坦率。比喬裝外星人好多了。」

將軍和中校的涵養工夫相當好，不動聲色，侍者把一道一道的菜送上來，我據案大嚼，全然不理會禮儀，吃了個不亦樂乎。

一餐飯吃得我心滿意足，撫着腹際站起來，不等邀請，走向一組沙發，舒服地坐下，托甸和胡士跟了過來。

各自點着了一支雪茄，托甸才道：「衛先生，我們衷心希望能和你合作。」

我嘆了一聲：「你們一定曾調查過我，知道我不是一個好對付的人，但是我可以告訴你們，由於剛才那一餐，我十分滿意，抽完雪茄，我就走，從此，不再發生關係，而且，真正的，你們所要知的事，我一點也不知情。」

胡士中校乾笑了幾聲：「衛先生，就算你離開了這幢建築物，你要回去，也不容易。」

我十分鎮定，「哦」地一聲：「不見得有八百萬公里之遙吧。」

胡士中校笑着：「當然沒有，而且，是的，剛才我説錯了，我們應該相信衛先生有能力自行離開東柏林的。」

我陡地一震，手中雪茄的煙灰也震跌了下來：「東柏林？你説我們在東柏林？」

胡士像是無可奈何似地攤了攤手。我吸了一口煙，徐徐噴出來。東柏林，我被擄到東德來了，麻醉劑一定十分強烈，昏迷了至少超過二十小時。

當我在這樣想的時候，胡士竟然猜中了我的心思（在以後的日子中，證明胡士是一個十分精明的人，極罕見的精明），他道：「你昏迷了三十小時，我們用的麻醉劑，特殊配方，不危害健康。」

我冷笑道：「還可以當補劑注射。」

胡士中校乾笑了一下：「衛先生，讓我們從頭開始？」

他説到這裏，指了指托甸：「托甸將軍是蘇聯國家安全局的領導人。」

我略為挪動了一下身子：「承蒙貴國看得起。」

托甸的雙眼十分有神，像是鷹隼，一直緊盯着我，像是想在我的身上，盯出什麼秘密來。但我根本沒有什麼秘密，所以他那種兇狠的眼光，在我看來，反倒近乎滑稽。

胡士沉默了片刻：「我們在東西柏林之間，築了一道圍牆。」

我喃喃地道：「這道圍牆，是人類之恥。」

胡士根本不理會我在說什麼，只是繼續道：「每天都有不少人想越過這道圍牆，成功的人不多，有的被守衛當場打死，有的被捕。有一天，捕回來的人中，有一個人叫魯爾，原籍是伏伯克——那是一個小地方，他是農夫。」

我聽到這裏，心中的驚訝，真是難以形容！

魯爾，這個德國農夫，天，就是寫信給我的那個魯爾，我回信戲弄他，叫他攀過柏林圍牆，我才告訴他，他有的中國古物是什麼。

可是魯爾卻真的企圖攀過柏林圍牆！

是不是我那封開玩笑的信，令得他這樣做？如果是，那麼，追根究底，我如今的處境，不是有人害我，而是我自己害自己！天下事情的因果循環，竟一至於此，真是玄妙極了。

托甸冷冷地問：「衛先生，你對這個魯爾，沒有特別印象？」

我冷笑着：「每天既然有那麼多人被捕，為什麼特地要提出他來？」

胡士道：「因為這個人特別。」

我仍然一點反應也沒有，胡士繼續着：「開始時，我們也沒有發現他特別，和旁的人一樣，關進了監獄。隔了不多久，忽然有一個倫敦的古董商人，申請在東柏林展出中國古董，這個人叫賈玉珍，衛先生，你不會從來也未曾聽說過了吧？」

我坦然道：「我認識賈玉珍。」

胡士「嗯」地一聲：「我們批准了他的申請，他也特地弄了很多中國古董來，開了一個展覽會。對於外來的人，我們照例會加以特別注意——」

我沉聲道：「加以監視。」

胡士笑了一下：「我們立即發現，賈玉珍和一個臭名昭彰，也在我們監視之下的西方特務，頻頻接觸。你看，有時，監視很有用。」

我不置可否，心中暗想：該死的賈玉珍，在東柏林進行這種活動，那真是活得不耐煩了。

胡士得意洋洋：「很快，我們就知道了賈玉珍想通過那個特務，和關在監獄中的魯爾見面！」

我面上裝着若無其事，心中苦笑。

賈玉珍一定是依址趕到魯爾的家鄉，知道魯爾到了東柏林，而且被捕，所以他才假藉中國古董展覽會的名義，在東柏林，想見到魯爾。

來來去去，還是我給魯爾的那封信惹的禍。要是我根本不回信，賈玉珍一到東德，就可以見到魯爾了。

我不作任何反應，只是自顧自噴着煙。

胡士作了一個手勢：「這引起了我們極大的興趣，衛先生，你想想，一個來自倫敦的中國古董商人，何以會對一個德國農民，感到興趣？」

我抱着以不變應萬變的態度，聽他講下去，心中仍然不明白事情怎麼會扯

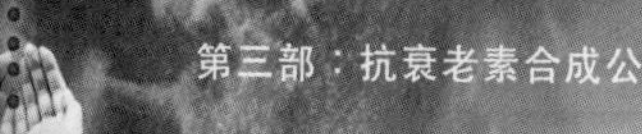

到了我的身上。

胡士中校又道：「於是，我們就對這兩個人作廣泛和全面的調查。我們的調查工作，由專家負責，他們的工作成績，舉世公認。」

我加了一句：「只怕連火星人都公認。」

胡士照例當作聽不見：「調查的結果是，魯爾的一切都沒有問題，他在大戰之後出生，今年二十八歲，一直安分守己，甚至沒有離開過家鄉，可是，賈玉珍對他有興趣，一定是有原因的。」

我聽到這裏，實在忍不住了：「那你們讓賈玉珍和魯爾見一次面，不就解決了麼？」

胡士「哼」地一聲：「敵人要那樣做，我們就絕不能讓他那樣做。一個背景看來清澈得如同水晶一樣的人，並不等於他沒有問題，他可能自小就接受了敵人的訓練，一直隱藏着，等待機會，背叛國家。」

我嘆了一聲，一個人自己慣用一種伎倆去對付別人，他也就以為人家也用相同的辦法。胡士中校說的那種情形，正是蘇聯特務慣用的手法之一。

胡士中校續道：「我們調查魯爾的上代，一直上溯調查到魯爾的祖父，魯爾的祖父曾是一個低級軍官，到過中國，去幫助德國的僑民，免受中國人的殺害。」

我不禁有點冒火，大聲道：「那是八國聯軍侵華，是人類歷史上最無恥的侵略行為之一。」

胡士自顧自道：「我們的調查，得不到任何結果，但是在調查賈玉珍方面，卻有了奇特的發現。我們的調查專家，證明賈玉珍在中國北方出生，今年已經六十九歲。」

我又說了一句：「在東德，六十九歲，是有罪的事？」

胡士揚了揚眉：「可是，他的外表，看來像是六十九歲嗎？」

我忍不住，站了起來：「真對不起，我覺得你的話愈來愈無聊了，一個人的外表，看來比他的實際年齡輕，那有什麼值得大驚小怪的？」

胡士吸了一口氣：「只是那一點，當然不值得大驚小怪，但是我們調查所得的資料，這位賈先生，在一年之前，還是一個無可補救的禿頭。」

他說着，在一隻紙袋之中，取出許多賈玉珍在各種場合之下拍的照片來。照片上的賈玉珍頭頂禿得發光，一根頭髮也沒有。

胡士又取出另一些照片，指給我看：「這是他的近照，你看看他的頭髮。」

我也覺得這件事十分奇怪，但當然我不肯放過譏嘲的機會：「真是天下奇聞，禿頭又長出頭髮來，也會是特務的關注科目。」

胡士冷笑着：「衛先生，你別再假裝不知道什麼了，誰都知道，禿頭再長出頭髮來，是生理學上的一項奇蹟，不是普通的現象。」

我反唇相譏：「真不幸，要是他早知道貴國對頭髮這樣敏感，他應該剃光了頭髮才來。」

胡士閃過一絲怒容，但立時恢復了原狀：「我們起初懷疑，這個賈玉珍是假冒的，但是經過指紋核對，卻又證明就是這個賈玉珍。我們的跟蹤人員又發現，他實實在在不像是一個七十歲的老人，這引起了我們的一個設想。這個人，有着抵抗衰老的特殊方法。」

我劈劈啪啪，鼓掌達半分鐘之久：「這樣的想像力，可以得諾貝爾獎。」

胡士悶哼一聲：「於是，在他再一次和那西方特務接頭之際，我們逮捕了他。請注意，我們的逮捕行動，完全合法。」

我點頭，一副同意的模樣：「就像把我弄到東柏林來一樣，合法之至。」

一直不出聲的托甸，發出了一下怒吼聲，他被我激怒了，厲聲道：「你是不是想試試我們傳統的談話方法？」

我斜睨着他：「好啊，你們傳統的談話方式，就是要對方沒有說話的機會，那我就什麼都不說好了。」

胡士有點發怒，來到托甸的身邊，嘰咕了半天，托甸才悻然走了出去。我道：「中校，請繼續說下去。」

胡士道：「拘捕了賈玉珍之後，我們的醫學專家，對他進行了各種各樣的試驗，證明這個人的實際年齡，應該是三十五歲到四十歲之間。」

我「哈哈」大笑道：「這真是偉大之極的發現。」

胡士冷然道：「請你聽這一卷錄音帶。」

他取出一隻錄音機來，按下了一個掣鈕，冷笑着，望定了我。

錄音帶開始轉動，我就聽到了胡士和賈玉珍的聲音。

胡士：賈玉珍，你觸犯了德意志人民共和國的法律，你以從事間諜活動的罪名被控，有可能被判三十年以上的徒刑。

賈玉珍：我……沒有，我只不過……我沒有……

胡士：如果你一切說實話，我可以保證你平安離開。

賈玉珍：好，好，我說。

胡士：你今年六十九了？

賈玉珍：是，我肖虎，今年六十九歲了。

（胡士顯然不懂什麼叫作「我肖虎」，就這句話問了好多問題，真是蠢得可以，我把那一段對話略去了。）

胡士：你自己說，你像是一個將近七十歲的老人麼？

賈玉珍：不像，我愈來愈年輕，我在三十年前，開始脫頭髮，但是從去年開始，我又長出頭髮來，我的體力，也比三十年前更佳。

胡士：那是由於什麼原因呢？賈先生？

賈玉珍：是一個人令得我這樣的。

胡士：那個人是——

賈玉珍：這個人的名字是衛斯理，他是一個神通廣大的人——

我一聽到這裏，實在忍不住，用力一掌拍在几上，叫道：「這傢伙在放什麼屁？」

胡士冷笑道：「你聽下去比較好。」

我按下了暫停掣：「你必須信我，這個人在胡說八道，我對於他那該死的光頭，為什麼又會長出頭髮來，一無所知。」

胡士仍然冷冷地道：「你聽下去比較好。」

我又重重在那張几上踢了一腳，憤然坐下，心中憤怒之極，賈玉珍在鬧什麼鬼？他為什麼要把我扯進去？令得我被東德特務擄了來？這傢伙，別讓我再見到他，我一定要把他的頭髮硬拔下來，拔個精光，讓他再變成禿頭。

錄音帶再傳出胡士和賈玉珍的對話。

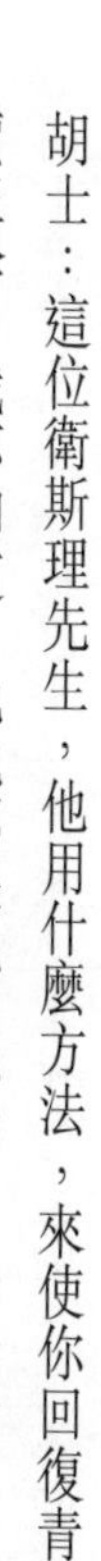

胡士：這位衛斯理先生，他用什麼方法，來使你回復青春呢？

賈玉珍：我不知道，他說那是他的秘密，他經過了多年的研究才成功，我是他的好朋友，他和我商量，把他的發明在我身上作研究。

胡士：那是一項極偉大的發明，他究竟在你身上做了些什麼？

賈玉珍：這……這……

胡士：是不是替你注射了什麼，還是給你服食了什麼？

賈玉珍：是……注射……注射。（聽到這裏，我怒極反笑，哈哈大笑了起來。）

胡士：這個衛斯理，是一個科學家？醫生？

賈玉珍：不……不是，他是什麼樣的人，我也很難形容，他本領很大，有過和異星人接觸的紀錄，你們只要調查一下，就可以知道。

胡士：他每天向你注射，那麼他自己呢？

賈玉珍：他自己？他自己？……和我差不多年紀了，看起來比我現在還年輕，他有特殊的力量，要是你們把他找來就可以知道他的秘密。

胡士在我的笑聲中，按下了停止掣，我又笑了好久，才道：「真糟，我的秘密被人發現了，你信不信，我今年已經一百二十歲了。」

胡士冷冷地道：「如果掌握了抗衰老的秘密，也不是不可相信。衛先生，我們對你，也作了調查，知道你是一個不容易對付的人，所以，我們一共派了八個人，全是我們機構中最好的人才來找你。」

真的閉門家中坐，禍從天上來。賈玉珍不知在打什麼主意，要這樣害我！我嘆了一聲：「中校，我現在再分辯，你也不會相信，讓我去見賈玉珍，問問他為什麼要陷害我。」

這兩句話，我真是說得十分誠懇，胡士道：「那沒有問題。你要知道，我們既然已動了手，已經一直報告上去，連蘇聯也派了托甸將軍來，如果我們得不到你掌握的秘密，決計不會在中途罷手。」

我又嘆了一聲，實在懶得再說什麼，只是道：「你甚至連賈玉珍為什麼要見魯爾也沒有問？」

胡士瞅着我：「他說，是你派他來見魯爾的，他不知道為什麼。你是為什

麼？」

我已經氣得發昏，眼前金星亂迸，哪裏還回答得出是為了什麼來，我只是道：「讓我見賈玉珍，愈快愈好。」

胡士想了一想，站了起來，說道：「請跟我來。」

他帶着我，到了一間十分舒服的房間之中，留下我一個人離去。

在他走了之後，我觀察了一下，房間根本沒有窗子，空氣調節的通氣孔也非常小，門鎖着，至少有四個電視攝影管。

我並不想就此逃走，因為賈玉珍還沒有來，我得好好教訓他一頓。

約莫過了十五分鐘左右，門上傳來「咔」的一聲響，我立時轉身，緊盯着門，門打開，賈玉珍走了進來。賈玉珍不是自己走進來，是被人推進來的。有兩個持槍的男人，在他的身後。賈玉珍才一進門，門立即又關上。

第四部

回復青春的奇蹟

我握緊了拳頭，準備賈玉珍一進來，不管三七二十一，先請他嘗我一下老拳再說，可是拳頭才一揚起來，我就陡地呆住了。

站在我前面的人，是賈玉珍嗎？

我和他分手，不過一個來月，可是他看起來又年輕了不少，不論怎麼看，都不像是一個七十歲的老人。

就在我拳頭將揚未揚，一個猶豫間，賈玉珍高興莫名，向我走來：「你來了，你真的來了！你來了，事情就好辦了。」

我沒有繼續揮拳，但是用極生氣而厭惡的語氣道：「你這是什麼意思？向他們說我可以令你變得年輕？」

賈玉珍現出十分忸怩的神情，向我連連作揖，他看來年輕，行這種舊式的禮，有點古怪。

他一面打躬作揖，一面說道：「真是抱歉，如果不是我胡說八道的話，不能使你來這裏，而你不來，我就死定了，只有靠你來帶我出去。」

一聽得他這樣說，我又好氣，又好笑，再也想不到，賈玉珍會那麼看得起我，他落在東德特務手裏，以為我一來，就可以帶他逃走，所以他才向胡士說謊！

我瞪着他，一時之間，半句話也講不出來。賈玉珍卻滿懷希望地湊過來：「怎麼樣？你是不是立刻可以把我弄出去？」

我一伸手，推開了他，用的力量大了些，推得他一個踉蹌，跌倒在一張沙發上。我想罵他，可是對着這樣的笨人，罵又有什麼用？然而不罵，一口氣又難出，這種感受，真不是滋味。

我伸手指着他，過了半天，才道：「你……我沒有見過比你更笨的人。」

賈玉珍給我罵得眨着眼睛，伸手摸頭。

我知道，就算是我自己，要離開東德特務的控制，也不容易，何況帶着他一起走，眼前的情形，只有叫他說老實話，才是辦法。

我又道：「你可知道你已惹了禍？」

賈玉珍哭喪着臉：「全是那個魯爾不好，他要是遲兩天到東柏林來爬圍牆，就什麼事也沒有了。」

我道：「你為了要得到那兩件玉器，竟不惜以身犯險，值得麼？」

賈玉珍的口唇掀動了兩下，沒有發出什麼聲音來。

我道：「現在，東德的特務，硬說你有防止衰老、恢復青春的妙方，如果你真有這種方法的話，我勸你還是告訴他們。」

我在這樣說的時候，當然還是諷刺性質居多的，因為我根本就不相信賈玉珍會有什麼「防止衰老、恢復青春」的辦法。

誰知我這樣一說，賈玉珍卻雙手亂搖，神情萬分緊張：「那萬萬不能，萬萬不能。」

一時之間，我不知說什麼才好。賈玉珍緊抿着嘴，神情堅決：「我絕不會對任何人說。」他頓了一頓，又很認真地道：「如果你能帶我出去，又幫我找到魯爾，使我得到那兩件玉器，我……答應告訴你。」

我又呆了一呆，才冷笑道：「好像你真的有青春不老的方法。」

賈玉珍望定了我，忽然嘆了一聲：「哎，你怎麼比東德特務還要笨？」

他這句話，我不知道是什麼意思，但是他接着向他自己指了一指，我陡然一震，明白他這樣說是什麼意思了。

他是說，他身上的變化，東德特務都看出來了，我怎麼還不相信？

在那一霎間，我真是迷糊了。

青春不老，這是不可能的事！可是眼前的賈玉珍，一個七十歲的老人，在一年多的時間之內，變得年輕了三十年，或者更多，卻又是活生生的事實。

這究竟是怎麼一回事？

從最簡單的思考方法來說，唯一的答案應該是他掌握了防止衰老、恢復青春的辦法！

我滿腹疑惑，盯着賈玉珍，講不出話來。雖然我明知胡士中校一定在監聽，但由於我心中的疑惑實在太甚，我忍不住問：「你的意思是，你……有了長春不老的方法？」

賈玉珍一面摸着頭：「你再仔細看看我，仔細看看，還有什麼可以懷疑的？」

他說着，站起來，來到我的面前，用力拉着他自己臉上的肌肉：「你看看，你仔細看看，我像是七十歲的人嗎？」

我不得不承認，他不像是七十歲的人。七十歲的人，保養得再好，即使從五十歲開始，每天在臉上塗抹維他命E，或者每年去進行一次臉部的緊皮外科手術，臉上的皮膚都不免鬆弛，毛孔也不免變粗，絕不可能像他現在這樣子。然而，賈玉珍不是科學家，他只不過是一個古董商人。忽然之間掌握了舉世科學家都研究不出的一種方法，可以使老人變得年輕，這實在無法令人相信。

賈玉珍又拉着自己的頭髮：「你再看，看我的頭髮，我認識你的時候，我是禿子，你看，不到一年，我長出了頭髮，全是黑髮，一根白髮也沒有。」

我實在想不通，只好嘆了一聲：「方法是什麼，你告訴我。」

賈玉珍搖頭：「現在我不說，等你幫了我，我自然會報答。」

我怒道：「這裏是東柏林，我們落在東德和蘇聯特務手裏，你以為那麼容易離去？」

賈玉珍道：「我當然不行，你有辦法，所以才要你來！」

我又握緊了拳，揚了起來，但是一轉念間，我又只好長嘆一聲，放下手：

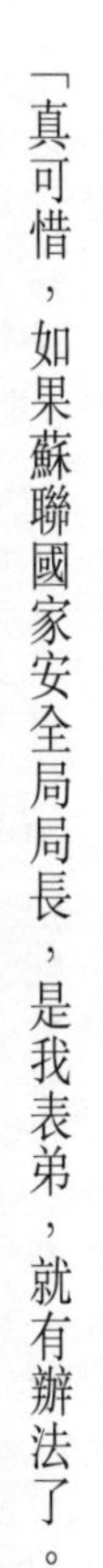

「真可惜，如果蘇聯國家安全局局長，是我表弟，就有辦法了。」

賈玉珍卻還在一個勁兒地道：「你有辦法的，你一定有辦法的。告訴你，事情極玄妙。你幫了我，我把事情講給你聽，你一定不會後悔，事情奇妙到了極點。」

賈玉珍愈說愈是興奮，可是他說來說去，只是「奇妙」，至於奇妙在什麼地方，他始終是老奸巨猾，一點也不透露。

我深深吸了一口氣，坐了下來，皺着眉，思索着。想了好幾個脫身的辦法，但是都未必可行。突然之間，我心中一亮，想到了一個好辦法。

這辦法十分好，雖然我不是很願意這樣做，但是看起來只好用這個辦法。

我又吸了一口氣，大聲道：「胡士中校，請你把賈先生帶走，我有話和你說。」

賈玉珍一聽，立時現出驚惶的神色來，我立時向他使了一個眼色，用十分低的聲音，並且用中國北方話道：「一切全聽我安排，好不好？」

賈玉珍猶豫了一下，點了點頭。

在我大聲說話之後不到一分鐘，門拉開，那兩個持槍的男人，又出現在門口：「賈先生，請你出來。」

賈玉珍走一步，向我望了一眼，老大不願意地走了出去。他才一出去，胡士就閃身走了進來。我作了一個手勢，請胡士坐下。

我沉默了片刻，胡士也不說話。過了一會，我才道：「剛才我和賈玉珍的對話，你全聽到了？」

胡士點了點頭，仍然不說話。

我說道：「你應該知道，對於抗衰老，我一無所知。」

胡士想了一想道：「好像是這樣。」

我怒道：「什麼好像是這樣，賈玉珍天真到以為我一來，就可以救他出去。」

胡士現出了一個奸詐的笑容來：「不會讓他離開，他是人類歷史上，第一個克服了衰老的人，他對整個人類太有價值。」

我沉聲道：「可是就算你們把他分割成一片一片，只怕也找不出原因來。」

胡士悶哼了一聲，我道：「坦白說，我對於愈活愈年輕，也有極度的興趣。」

胡士陰陰一笑：「誰會沒有興趣？」

我望着他道：「你聽過他剛才怎麼說的了？如果你肯和我合作——」

我講到這裏，頓了一頓。胡士十分聰明，他立時明白了我的意思，身子向前俯了一下：「你是說，等他把秘密告訴了你，你再轉告我們？」

我點了點頭，等他的反應。

胡士一動不動，過了好一會，才道：「我們怎麼知道你可以信任？賈玉珍現在在我們手裏，這是我們的王牌。」

我冷冷地道：「那是一張假王牌，他要是不說，你們能對他怎樣？嚴刑拷打？一不小心弄死了他，就什麼都完了。」

胡士面肉抽搐着，但立時又陰森森地道：「我們有許多方法令他吐出真話。」

我不禁打了一個冷顫，自然，他們有許多方法令得一個人講話，包括催眠、注射藥物等等，那些方法，可以令得最好的間諜也難以保守秘密，別說賈玉珍了。

我不禁有點暗自後悔自己的失策，胡士沒有理由相信我，事實上，就算賈玉珍真的把秘密告訴了我，我也根本不準備告訴胡士。

可是，在如今這樣的情形下，我不得不繼續和胡士爾虞我詐一番，我裝出一副十分可惜的樣子來：「中校，你應該選擇一個最妥善的方法，因為現在，你只許成功，不許失敗，你想想，老布已經七十多歲了，他多麼希望能年輕三十年，要是令得他失望的話——」

我頓了一頓，伸手令自己的掌緣在頸上劃過，又伸了伸舌頭。

胡士的臉色變得十分難看。

我在恐嚇了他之後，又繼之以利誘：「中校，如果你成功了，我看，你有希望成為德意志共和國的元帥，托甸將軍，當然也可以進入蘇聯共產黨的政治局。」

威迫利誘，本來是十分卑鄙的行為，但是對付東德特務，倒也只好這樣。

胡士吸了一口氣：「正因為如此，所以我寧願相信自己的辦法，不願意和你合作。」

我心中暗罵了一聲「好厲害的傢伙」，再說下去，他反倒要疑心我的真正用意了，所以我淡然道：「你既然有自己的方法，而且，也肯定了我和整件事無關，請問，我可以離去了？」

胡士側着頭，沒有反應，我惱怒道：「怎麼，你們準備扣留我？」

胡士冷冷地道：「你已經知道了這件事，這是一個高度的秘密，不能泄漏出去。」

我隱隱感到一股寒意，也覺得事態嚴重，這種沒有人性的特務，什麼事做不出來？刹那之間，我考慮到把他抓起來，逼他們放我，可是我想，托甸一定會犧牲胡士，那我應該怎麼辦呢？

我心中雖然焦急，但外表看來，仍然相當鎮定，我道：「如果我要長期留在這裏，我須要和家裏通一個電話。」

胡士搖頭道：「不必了，你就在這裏講幾句話好了，錄影帶會用最快的方法，送到你妻子的手中。」

我忍着心中的憤怒，沉聲道：「素，我很好，我被一件莫名其妙的事情所牽累，落在——」

胡士大聲喝阻：「不能告訴她你在哪裏。」

我冷笑了一下，繼續說下去：「你放心，我經過比這個更惡劣的環境，別為我擔心。」

胡士站了起來：「你逃走成功的機會只有億分之一，不值得試。」

胡士的笑聲聽來有一種恐怖感，我注意到他的手伸向胸口，按了一下，多半是按動了什麼控制器，通知外面開門。

門拉開，我坐在原地不動，向外看，門外有不少人。這間房間沒有窗子，門外又有那麼多守衛，看來逃走的機會，連億分之一都沒有。

胡士離開，門關上。我知道胡士會逼不及待地用他的方法，去逼賈玉珍講話，看來賈玉珍不免要吃點苦頭，那是他咎由自取，不值得同情。

我盡量使自己靜下來，把整件事情，好好地想一想。

我仍然覺得，賈玉珍掌握了克服人體衰老的方法不可思議。人體為什麼會衰老，眾說紛紜，一般醫學界的說法是，人體細胞的繁殖，有限制，大約繁殖到了五十代左右，就喪失了再繁殖的能力而死亡。人體細胞死亡，活動停止，生命自然也不能再維持下去了。而在人體細胞的繁殖過程之中，細胞在逐漸衰老，形成了人體的衰老。

醫學界也知道，人體本身可以分泌「抗衰老素」，如果這種分泌不正常，人體就會出現過早的衰老現象。但是絕未聽說過「抗衰老素」已被控制，可以使衰老的過程減慢。

我所想到的是：在理論上，青春常駐，可以實現。因為既然「抗衰老素」向負的一方面不正常，人體就會過早衰老，那麼，反過來說，如果是向正的一方面不正常，那麼，衰老的現象就會被推遲了。

細胞的生長過程，十分奇妙，科學家近來又發現，正常的人體細胞，壽命有一定的限制，即使是在實驗室中刻意培養，在五十代之後，也就死亡，但是癌化了的細胞，卻可以無休無止地繁殖下去，不會死亡。然而，細胞如何會癌化，科學家至今為止，還是莫名其妙。總之，如何使人類的壽命延長，牽涉到不知多少種科學的研究課題，賈玉珍怎麼有可能知道？

賈玉珍在一年之內，年輕了三十歲。他確確實實在變。我相信胡士所說的「詳細的檢查」，一定包括把賈玉珍的身體細胞作仔細的觀察在內。

這件事，在開始的時候，十分平凡，我被綁架來到東柏林，又近乎滑稽，但是仔細想起來，卻實在是我一生之中遇到的奇事之最：人可以不老，可以回復青春，若是人的壽命可以無限制延長，那麼，人類歷史以後的發展，就全然不同了。

秦始皇找不到的方法，科學家找不到的方法，賈玉珍是怎麼找到的呢？

我愈想愈是紊亂，乾脆努力使自己睡着。

這一覺，倒睡得十分暢美。

醒來之後，一躍而起，舒展了一下拳腳，又聽到開門的聲音，胡士愁眉苦臉走了進來。

看到那種情形，我大是高興。我不知道他為什麼苦惱，但是對頭苦惱，那我一定值得高興。

我向客廳走去，和他大聲打着招呼：「中校，你好。我肚子又有點餓了，請你叫他們送食物來。」

胡士向着一個攝像管，作了一個手勢。然後，他坐了下來，裝出若無其事，可是我卻看得出他心中十分懊喪。我故意逗他：「中校，賈玉珍一定把他所知的秘密，全都告訴你了？」

胡士悶哼了一聲，不出聲。

我在他對面坐了下來：「試試用催眠術，你們有一流的催眠專家。」

胡士緊握着拳，重重在沙發的扶手上敲了一下，仍然不出聲。

這倒引起了我的好奇：「怎麼？試過了，不發生作用？」

胡士瞪了我一眼，又嘆了一聲：「三個一流的催眠大師，如今正陷入被催眠狀態，不知道什麼時候才醒來。」

我陡地吃了一驚，半晌講不出話。

催眠術，是一種十分奇異的精神控制，施術者的精神力量，在絕大多數的情形之下，都強過被施術者。一般來説，施術者向被施術者進行了各種暗示影響之後，被施術者就會進入被催眠狀態，在下意識中，開始聽從施術者的指揮。

催眠術是一門十分複雜的學問，我曾經下過很多工夫去研究，雖然關於催眠術的學説很多，也沒有一種學説得到公認，但是我始終認為，精神力量的強弱，是決定性的因素。

所以，在施術者和被催眠者之間，在絕少的情形下，會有相反的情形出現。如果被催眠者的精神力量，遠較施術者強，那麼，施術者所作的一切暗示影響，全會回到他自己的身上來。非但不能使對方被催眠，而且，他自己會進入被催眠狀態。

這種情形，對於施術者來説，是極危險的事。因為一切暗示影響，全是他自己發出來的，沒有人知道，也就沒有人可以解除這些暗示影響，那也就是説，他有可能一輩子在被催眠狀態之下，直至死亡。

我也知道，胡士口中的「一流催眠大師」，那一定是真正的催眠大師，要做到催眠大師，不但要有過人的本領使自己的精神力量集中，而且還有許多心理學上的技巧，來進行他的暗示影響，別說賈玉珍這樣的一個古董商人，連我也未必可以抗拒他們的催眠。

（直到很久以後，胡士才告訴我，在我第一次醒來之前，已經有催眠大師向我施術，我在被催眠的情形下，一樣說什麼也不知道，所以胡士相信我。）

我絕對相信賈玉珍根本不懂催眠術，如果說他只是憑自然而然的精神力量，就可以抗拒三個一流催眠大師的暗示影響，這實在不可思議。

這個古董商人，在他身上發生的不可思議的事，似乎愈來愈多。我迅速地轉着念，想不出究竟來，只好道：「看來，賈玉珍是一個催眠術的大行家。」

胡士憤然道：「什麼大行家，他根本不懂，不過……他有一股天然的抗拒力量。」

這和我的想法一樣，我在沉默了片刻之後，又道：「你們不是有一種藥物，可以使接受注射的人講實話？怎麼不試一試？」

胡士沒有直接回答我這個問題，只是喃喃地道：「這個人……不是科學怪人，就是超人。」

我搖頭道：「都不是，只不過在他的身上，一定有一些極怪異的事在發生着。如果他是超人，他不用把我騙來幫他逃走。」

我不自覺地和胡士討論賈玉珍，忘記了他是我的對頭。看來藥物注射也失敗了。

胡士嘆了一聲：「你是知道那種藥物的功效的？」

我點了點頭：「麻醉人體的神經系統，刺激腦部的記憶組織，會使得接受了注射的人，不斷地說話，把他儲存在記憶系統中的一切，全都通過語言表達出來。」

胡士悶哼一聲，我問：「結果怎樣？」

胡士又用力在沙發的扶手上，敲了一下：「結果他什麼也沒有說，用一種很長的呼吸方法，抗拒了藥物的力量，真是不可思議。」

我有點不明白：「什麼叫很長的呼吸方法？」

胡士望了我一眼，然後站了起來。他在站了起來之後，立即又盤起腿，坐在沙發上，把雙手放在近膝蓋的部分，然後，徐徐地吸氣，又慢慢地呼氣：「就是這樣子，不過他呼吸的過程，比我現在在做的，要慢得多。他的肺活量一定十分驚人，因為我算過時間，他最長的一次呼吸，一呼一吸之間，竟然達到三分〇四十七秒！」

我看到胡士用這樣的一個姿勢，坐到沙發上，模仿着賈玉珍的動作，已經傻掉了。

西方人對這樣的姿勢，可能不是很熟悉，但是中國人對這樣的坐姿，卻絕不陌生，道家練氣時的「雙盤膝式」就是這樣子的。

而接下來，胡士所說的話，更證明了賈玉珍是在練氣。所謂練氣，倒也沒有什麼特別玄妙之處，那只是一種特殊的呼吸方法，一直相傳，可以延年益壽，健體強身。長遠以來，都被應用在治療某些疾病方面，情況和西醫的「物理療法」，大致相類，稱為「氣功療法」。

由於練氣是由道家或釋家修仙的過程中傳下來的，所以附有不少神秘的色彩，所用的名詞，也十分古怪，什麼「小周天」、「大周天」、「氣納丹田」、「順脈而行」、「內息流轉」、「打通任督二脈」之類，還有什麼「陰陽」、「坎離」、「乾坤」、「水火」、「龍虎」、「嬰兒」、「姹女」、「龜兔」等種種古怪的名稱。

所有氣功的鍛煉，最重要的是維持呼吸的深長。我受過嚴格的中國武術訓練。中國武術之中有一個專門的學問，就是由練氣開始的，統稱叫「內功」，可以使人的潛在體力，得到盡量的發揮。

這種練氣的方法，也稱為「吐納」，是自古以來的一種卻病延年的方法。我在學習中國武術的過程中，也曾學過，的確有它一定的功效。在開始幾天之後，丹田就會有發熱的感覺，而且感到有一股熱意向下移，通向尾閭穴，通過尾閭穴後，這種溫熱的感覺會沿脊骨向上升，可以通「天柱」（那是人體背後、頸背與胸脊之間的地方），再通向「玉枕」（仰臥時後腦和枕頭接觸之處），再向上，就到「泥丸」（又叫「百匯穴」，在頭頂中央，是人體最重要的部分）。等到練到可以通「泥丸」時，功力已經相當深了。

再進一步，熱的感覺（氣的流轉）就經過「神庭」（就是印堂）、「鵲橋」（那是舌和上顎之間的一處地方）、「重樓」（又叫「璇璣穴」，在胸鎖骨）、「絳宮」（又叫「膻中穴」，在兩乳之間），然後，下達「氣海」（在臍下），再歸納至丹田。

這樣的一個周轉，在氣功上，稱為一個「小周天」。我在這裏，簡單地介紹了一下氣功的基本法則，是想說明一點：氣功、吐納，並不是武俠小說中幻想的事，而是實有其事的一種鍛煉方法，而且，確實有強身益體的功效。

各門各戶的氣功方法極多，這時我所想到的只是：賈玉珍在練氣功。

一想到這一點，我不禁啞然失笑。他因為練氣功，健康的情形得到了改善，使得他看起來年輕了，不料這種情形，卻使西方人誤認他掌握了什麼「抗衰老素」的秘密。這真是失之毫厘，謬以千里了。

我想了一會，正想笑出聲來，可是一轉念間，我卻又笑不出來。固然，練吐納之法，可以使人身體強健，但是賈玉珍的情形太特別了。

氣功鍛煉，循序漸進。通常需要相當長的時間，三年五載，才能約略見到一點功效，但是賈玉珍卻在一年之間，就判若兩人！

自然，由於氣功被蒙上了一層神秘的色彩，各種各樣的練氣方法又多，或許有一種特殊的方法比較速成，但那也決不是容易的事。

為了更容易明白「氣功」的一些情形，我們可以看看小說大師金庸在他的小說《天龍八部》中的一些描述。

在《天龍八部》之中，一個叫游坦之的人，無意之中得到了達摩老祖傳下的一本鍛煉內功的書本，叫《易筋經》，他完全不懂練氣法門，但有了《易筋經》上的圖形指導，當他擺出了一個和圖形中一樣的怪異姿態之後，就「依式而為，要依循怪字中的紅色小箭頭心中存想，隱隱覺得有一股極冷的冰線，在四肢百骸中行走……站起……便即消失。」

這是一種比較快成功的方法，但是也不是任何人得了《易筋經》都有用的：「……只是修習的法門頗為不易，須得勘破『我相、人相』……」

好了，什麼叫「勘破我相、人相」，只怕就很費神解釋，絕大多數人，一輩子怕都勘不破，我就不信唯利是圖的古董商人賈玉珍能勘得破我相、人相。

我心中依然存着疑惑，但是總算在絕無解釋之中，找到了一個。

胡士瞪着我：「你想到什麼？」

一聽得他這樣問，我不禁一怔。我想到的是，賈玉珍住過去的一年之中，一定在練氣功，但是，這怎麼向一個洋鬼子解釋呢？什麼是「姹女」，什麼是「嬰兒」；《黃帝內經》中說過「精、神、氣」，老子《道德經》中說「虛其心、實其腹」；要用腹臍來呼吸，稱為「胎息」，要把任、督二脈打通，才能算是初步成功……這一切，把一個洋人的腦袋切下來，細細剁成臊子，他還是一樣不會明白。

然而料不到的是，我小看了胡士，我在想了一想之後：「我想到的是，賈玉珍曾學過一種中國傳統的鍛煉身體的方法，這種方法，從控制呼吸入手，可以達到使人比實際年齡年輕的目的。」

我這樣說，用最簡單的、使洋人明白的語言來解釋「氣功」。

誰知道胡士一聽就道：「我知道，你說的是『氣功』。」

我怔了一怔，還沒有來得及回答，胡士又道：「氣功確然有一定的功用，但是我絕不相信學會了呼吸的方法，就可以使一個人的人體細胞變得年輕三十年，我們曾詳細檢查過他的身體，他一定有着秘密，可以使老年人變年輕。」

我沒有法子繼續説下去，氣功的確只能使老年人看起來年輕，健康狀況年輕，真要是返老還童，那已經超出了氣功的範圍，是從人變成神仙的初步了，如果説人真能靠某種方法的修行而變成神仙，我想，那末免太詼諧了，連我自己也不信的事，我自然無法向胡士解説。

我想了一會：「那麼，剩下的唯一問題，就是要他吐露秘密了。」

我講到這裏，頓了一頓，然後一本正經地問他：「試過『炮烙』沒有？」

這一下，胡士不懂了，他瞪大了眼睛，反問：「什麼叫作『炮烙』？」

我還沒有開始解釋給他聽，就已經「哈哈」大笑了起來，然後，把什麼叫「炮烙」，解釋給他聽。這次真把胡士激怒了，他霍地站了起來，厲聲道：「我想在你身上試試『炮烙』！」

我悠然回答：「你不會，因為你還要靠我，才能知道賈玉珍的秘密是什麼。」

胡士氣惱之極，可是無法可想，又憤然坐了下來，我道：「中校，我的辦法，是最好的辦法。你不妨再試你的辦法，我盡可以在這裏等。」

胡士望了我一下，欲語又止，我又道：「或者，我們可以一起進行。」

胡士問：「怎麼一起進行？」

我道：「我們同時展開活動，你再去逼問賈玉珍，我去做我的事，等你再失敗時，就可以節省很多時間，由我接下去進行。」

胡士悶哼了一聲：「還是那個老問題，我憑什麼相信你？」

我攤着手：「沒有憑據，只好打賭博，事實上，你非進行這場賭博不可。賭，還有贏的希望，不賭，輸定了。」

胡士的口角抽搐了幾下，隔了半晌，他才深深地吸了一口氣：「你第一步準備如何進行？」

這時候，我對於我要做些什麼，已經有了一個初步的方案。

賈玉珍的秘密，可能和練氣功有關，這是我的假設，要進一步求證，自然非他自己親口講出來不可。賈玉珍雖然說，只要我幫他，他就把秘密告訴我，不過我看這個老奸巨猾，說話未必靠得住，他有求於我，自然這樣說，這情形，就像我如今在騙胡士中校。事移境遷，嘴臉可能就大不相同。

所以我要有辦法令得他非對我說不可，那辦法就是我先把魯爾的那兩件玉器弄到手。

賈玉珍是這樣急切地想得到這兩件玉器，程度遠遠超過一個古董商人為了賺錢而作的行為，就算他本身對古董有過人的愛好，也不應該這樣，對他來說，一定有極其特殊的原因。是什麼原因，我還不知道，但是我卻知道，如果我有那兩件玉器在手，我確定可以令得他多少吐露一點秘密。

所以，我向胡士道：「第一步，我要去見魯爾，請你安排。」

胡士怔了一怔：「魯爾真和整件事有關？你為什麼要去見他？」

我自然不能把真相告訴他，一告訴了他，那兩件玉器就到他的手中了。我道：「我可以十分老實地告訴你，魯爾和整件事無關，但是我一定要見他。」

胡士十分精明，他搖頭道：「不行。你不說出要去見他的確切原因，我不會安排。」

我冷笑一聲：「好，那就別討論下去了，你去接受你的失敗吧。」

胡士顯得惱怒之極，顯然他從事特務工作以來，從來也沒有這樣縛手縛腳過，他盯着我：「你知道，我可以隨便安上一個罪名，使你在監獄度過二十年。」

我「哈哈」大笑起來：「我從來也沒有聽過那麼低能的恫嚇，對於自己明知做不到的事，最好別老是掛在口上。」

胡士變得極憤怒，我只是冷冷地望着他，僵持了足有十分鐘之久，他才道：「好，你可以去見他。」

我道：「我與魯爾會面的地方，不能有任何監視系統，也不能有旁人，如果他是在監獄中，我到了監獄之後，有權選擇任何地方和他會面。」

胡士的臉色鐵青，我笑說道：「想想當元帥的滋味，那對你有好處。」

胡士的神色漸漸轉為緩和：「你的資料只說你難對付，真是大錯特錯。」

我笑了一下：「那我是什麼？」

胡士大聲道：「你什麼也不是，根本不是人，是一個魔鬼。不是難對付，簡直是無法對付。」

我更樂了：「把這兩句話留給你自己吧。」

說到這裏，門推開，一架餐車推進來，我忙道：「我要吃飯了，吃完就去看魯爾，你快去安排吧。」

胡士悶哼一聲，走了出去。打開餐車，看到豐富美味的食物，我又老實不客氣地大吃了一頓，地道的德國風味，真是不錯。

等我吃完之後不多久，胡士走進來，道：「我們可以走了。」

我道：「我們？」

胡士道：「我和你一起去，你單獨去見魯爾。」

我笑了起來：「我明白，見了魯爾，你再押我回來。」

胡士不置可否，一副默認的模樣。我倒也拿他無可奈何的，我們兩人，各有所長，誰也奈何不了誰。

第五部

值得用生命去交換

我早已打定了主意，跟着胡士一起出去，那是打量這幢建築物周遭環境的大好機會，弄清楚了環境，逃起來就有利得多。

可是胡士看來像是早已知道了我有這個意圖，臉上始終掛着冷笑。而我雖然表面上看來若無其事，心中也禁不住暗暗咒罵。

整幢建築物，就是為了方便防衛而設計的，我在出房門之後，還不知道自己是在哪一層，看到的，是一個「十」字走廊，中心部分是一個圓形的空間，有着一間玻璃房間，裏面有很多儀器，一望而知是監視用的，在那玻璃房間中有六個人，兩個人負責監視，還有四個人，坐在椅子上，在他們的面前，是一種很罕見的武器。

那是連續發射的小型火箭發射器，對準了「十」字形走廊。而在走廊中，除了有很多武裝守衛之外，在裝飾得頗為華麗的牆上，都有機槍的槍口露出來，在作六十度角的不斷擺動。

我相信這些機槍，全由玻璃房間，另外那兩個人遙遠控制。

「十」字形走廊的盡頭，都是一扇看來相當厚實的鋼門，不要說這種門很難打開，事實上，連一隻蒼蠅，也沒有機會到達門前而不被發覺，更沒有機會可以逃得過守衛的射擊。

難怪胡士中校帶着那樣充滿了自信的冷笑，在這裏，的確逃不出去。

可是胡士實在笑得太早了，他沒有想到一個最簡單的離開這裏的方法，就是要他帶我離開，而這時，他正帶着我離開！

胡士中校經過，守衛全部向他行敬禮，他也現出一副躊躇滿志的樣子。這個人，對於權力的欲望一定十分強烈，看來「當元帥」的引誘方法很對。

我們一直向中央部分的玻璃房間走着，來到中央部分之後，可以看到有四座升降機，門都關着，胡士舉手，向玻璃房間中那幾個人作了一下手勢，其中一架升降機的門打開。

升降機中，沒有身在幾樓，和到達了哪一層的指示燈號，停下，門打開，一輛車子，停在電梯口，胡士向我作了一個手勢，請我上車。

那輛車子，是一輛中型的貨車，車廂的門又厚又重，車廂的空間不大，因為車廂四壁，十分厚實，看起來，那像是裝運凍肉的車子。

我忍着惱怒：「你們沒有像樣點的車子了嗎？」

胡士冷冷地回答：「這車子對你最適合。」

我沒有再說什麼，反正我的目的是要見魯爾，其餘的賬，可以慢慢算。

我走進了車廂，在車廂中唯一的一張帆布椅上，坐了下來，門立時關上，車廂中有一盞燈，自然也有着監視的設備。

胡士還真看得起我，當車子到了監獄，車廂門打開，我看到的「歡迎者」，包括了一百名以上的獄警，和超過一百名的正式軍人。

我一下車，胡士就問：「你要在哪裏見魯爾？」

我立時道：「在典獄長的辦公室。」

胡士瞪了我一眼，點了點頭，他陪着我，一起走進了監獄的建築物，有兩個軍官，指揮着警衛，分散開來，以防止我有異動。

典獄長面目陰森，他的辦公室很簡陋，我無法確定在這兩分鐘之中，胡士是不是已經作好了偷聽的裝置，我在辦公室等着，不一會，門打開，兩個獄警，押着一個二十來歲，濃眉大眼、大手大腳的德國青年，走了進來。

我揮手示意那兩個警衛退出去，他們關上了門，我打量着這個青年，他看來十分純樸，愁眉苦臉。我心想，由於我開玩笑的一封信，令得他真的想爬過柏林圍牆，以致現在要在監獄裏受苦，心中多少有點內咎。

魯爾顯然不知道我是誰，他用一種十分疑懼的眼光，打量着我。我低嘆了一聲：「魯爾，我叫衛斯理，就是你曾寫信給我的那個人。」

魯爾眨着眼，我又道：「在那封信中，你附來了兩張照片，說是你祖父從中國帶來的玉器。」

魯爾連連點頭：「能令你從那麼遠路來到，那兩件東西很珍貴？」

我想不到他一開口就會這樣問我，我其實也不知道那是什麼，但既然賈玉珍那麼識貨的人，這樣急於得到它們，那它們一定是非同小可的稀世奇珍，所以我點了點頭：「是，相當值錢。」

魯爾現出興奮的神情來，我忍不住道：「其實，你先要考慮你的自由，金錢對你，現在是沒有意義的。」

魯爾吸了一口氣：「是，我如果能翻過圍牆，那就好了。」

我道：「我可以幫助你，使你獲得自由，也可以給你一筆相當數量的金錢。那兩件玉器，現在在什麼地方？」

魯爾的神情，陡然警惕起來，看來他純樸的外貌靠不住，或許這世上早已根本沒有了純樸的人，他眨着眼：「等一等，現在我不會說給你聽。」

我不禁有點惱怒：「什麼意思？」

魯爾道：「我先要獲得自由，和金錢。」

看看他這種笨人卻自以為聰明的神情——這是世界上最可厭的神情之一——我真恨不得重重打他兩個耳光。我重複道：「那兩件玉器在什麼地方，告訴我，我會實行我的承諾。」

魯爾卻自以為精明得天下第一：「不，你先使我獲得自由和——」

我不等他講究，就怒吼了一聲：「照我的話做。」

魯爾仍然搖着頭，態度看來十分堅決，我怒極反笑，整件事情，本來已夠麻煩的了，偏偏又遇上了這個其蠢如豕的魯爾。

我實在失去了耐性，不想多和這種笨人糾纏下去，將他交給胡士來處理，

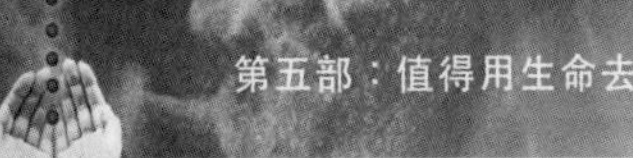

或者還好得多，我寧願和胡士去打交道了。

我「哼」地一聲冷笑，站了起來：「好，你不說，胡士中校或者有更好的方法，令你說出來。」

我也沒有想到胡士的名字，有那麼大的威力，魯爾一聽，立時面色慘變，身子也不由自主發抖，可憐巴巴地望着我。

我心中不忍，壓低了聲音：「告訴我。」

我一面說，一面抓住了他胸前的衣服，把他拉了過來，就在這時候，我發現他身上所穿的囚衣的三顆鈕子太新了。而且在習慣上，囚衣不用鈕子，是用帶子的。

接下來不到一秒鐘，我已經發現那三顆鈕子，是三具小型的竊聽器。

我不禁暗罵了自己一下笨蛋，我要選擇監獄的任何地方和魯爾見面，是為了避免我和魯爾的談話被胡士知道。但胡士實在不必理會我選擇什麼地方，他只要把竊聽器放在魯爾的身上就行了。

我們剛才的對話，胡士自然全聽到了，還好在最緊要關頭，我發現了胡士的狡計。

我鬆了鬆手，指了指那三顆鈕扣，向魯爾作了一個手勢，魯爾立時明白，神情驚疑。

我取出筆來，交給魯爾，示意他不要再開口，一面我又說道：「那兩件玉器，是古董，我可以代你出售，得到的利益，全部歸你，是我不好，叫你翻過圍牆，所以我要替你做妥這件事。」

這幾句話，自然是說給胡士聽的，好混淆他的注意力，使他以為那兩件玉器，只不過是比較值錢的古董。至於這樣做，能不能騙過精明能幹的胡士，在這時候，我也無法詳細考慮了。可是魯爾這頭蠢豬，卻還在眨着眼、很認真地在考慮我的話，那真恨得我咬牙切齒。

他想了一會，才在手掌心寫着字，我看他寫的是：「在圍牆附近，我被追捕，把東西藏在一幢房子牆角的一塊磚頭後。」

他接着，又畫了簡單的地圖，然後在衣服上擦去了在手心上的字。

我道：「你還是不肯說？其實，那兩件玉器也不是太值錢，可能你對它們

寄存的希望太大了，好，我們會面既然沒有結果，那就算了吧！」

魯爾這次，居然聰明了起來，他像模像樣地嘆了一口氣：「好吧，那兩件玉器，我在被守衛追捕的時候，拋在街角上，根本已經找不到了。」

他非但這樣說，而且還補充道：「真倒霉，沒有它們，我還是好好的在家鄉，怎麼會在監獄裏，你不必再向我提起它們……剛才我是想……騙你的錢，所以才堅持要你先實現承諾，其實，我根本沒有什麼東西可以給你。」

這傢伙，忽然之間開了竅，雖然仍未必可以騙得過胡士，但總是好的，我也嘆了一聲：「那沒有法子了，我還是會盡力幫助你。」

我說着，就走到門口，打開門來，迎面的守衛，突然之間看到我出現，都緊張起來，一起舉槍對準了我，胡士也急急奔了過來。

我向胡士示意我要離開，在離開監獄時，胡士和我一起進了車廂。

我已知道了那兩件玉器的所在，倒並不急於去把它們取回來，我知道胡士一定急於想和我說話，所以我擺出一副愛理不理的神情。

胡士終於忍不住了，他陡然開口：「那……魯爾所有的玉器是很有價值的古董？」

我假裝又驚又怒：「你……還是偷聽了去。」

胡士十分狡猾地笑了一下，從他那自滿狡猾的笑容之中，我知道他已經上了當。人最容易上當的時候，就是他自以為騙過了別人之際。胡士忍不住笑：「對付你，總得要有點特殊的方法。那兩件玉器很值錢嗎？老實告訴我，我們有辦法把它們找出來。」

我嘆了一聲：「豈止是值錢，簡直是中國的國寶。那是中國第一個有歷史記載的領袖，軒轅黃帝時代的製品，是他用來號令天下各族的信符，是中國流傳下來的玉器之中，最有價值的一件。」

我信口開河，胡上用心聽着。我心中暗暗好笑：「你以為賈玉珍是為什麼來你們這裏開中國古物展覽的？目的就在於引出那兩件玉器來。」

胡士想了一會，搖頭道：「那麼，發生在賈玉珍身上的怪現象，又是怎麼一回事？」

我知道在這一點上，很難自圓其說，只好道：「或許，那只是湊巧，在他身上有這種現象罷了，事實上，中國的健身法，氣功很有功效，也不是什麼秘密。你硬要以為那是什麼防止衰老的科學新法，我有什麼辦法？」

胡士在想了片刻之後，陡然怒容滿面，厲聲道：「可是你說過，如果知道了賈玉珍青春不老的秘密，我……可以立一件大功。」

我作無可奈何狀，攤開手：「我也是給你弄糊塗了，才會以為賈玉珍真的有什麼長生不老之力。事實上，賈玉珍是收了一大筆錢，又受了某方面的重託，要他把那國寶弄到手。」

胡士面色陰晴不定，顯然他對我的話，懷疑多於相信，但是卻又駁不倒。而且，至少他最不明白的一點，魯爾和我、賈玉珍之間的關係，他弄明白了。

這時候，車子已停了下來，在下車之前，我在他的耳際低聲道：「中校，當不成元帥，你也並非一無所得，譬如說，瑞士銀行一千萬美元的存款，怎麼樣？」

胡士轉過頭來望着我，神色很難看。

我又低聲道：「你一定可以得到這筆錢，只要你找到了那玉器，回復賈玉珍的自由，當然，還要把我當貴賓一樣送出境。」

胡士悶哼了一聲，沒有回答，起身去開門。

我跟在他的身邊：「有一千萬美元，在西方生活，可比當這裏的元帥舒服多了。」

胡士陡然轉過身來，用手指着我的鼻尖，惡狠狠地道：「你引誘國家情報軍官變節，可以判你終生監禁。」

我冷冷地道：「你手裏的熱山芋拋不出去，終生監禁的不知道是什麼人。將軍那裏，要靠你的口才了。」

胡士的面肉抽動了幾下，也壓低聲音道：「要是我找不到那東西呢？」

他當然找不到那東西，只有我和魯爾，知道玉器是被藏在一個牆洞之中，我立時道：「我想，賈玉珍肯用一百萬美元來換取他的自由。」

胡士吞了一口口水，在門上拍了兩下，門由外面打開，他和我下了車，我仍然被送回了那間房間。

接下來的三天，十分令人沉悶，胡士沒有來，我得到上佳的食物供應，可是事情的發展究竟怎樣了，我卻一無所知。

到了第四天早上，我還在睡着，就有兩個大漢闖了進來，粗暴地把我從牀上拉了起來，看那陣仗，像是要把我拉出去槍斃，我一翻手，正要把那兩個大漢重重摔出去之際，胡士走了進來。

胡士厲聲道：「別反抗，快起來，跟我走。」我想要反唇相譏，忽然看到他向我，飛快地眨了一下眼，立時又回復了原狀。

我怔了一怔，裝成憤然地穿衣服，心中也不禁忐忑不安，因為我不知道胡士究竟想幹什麼，也不知道是吉是凶。我穿好了衣服，就被胡士指揮着那兩個人，押了出去，一直到了那建築物的底層，我看到了賈玉珍。

賈玉珍愁眉苦臉，看到了我，想叫，但在他身後的兩個人，立時抬膝在他身後頂了頂，令得他不敢出聲。賈玉珍的處境雖然狼狽，可是氣色卻相當好，看起來，至多不過是四十歲左右，要說他已經七十歲了，那不會有人相信。

我和賈玉珍，在監視下，又上了那輛車子，門還未關上，賈玉珍就急不及待地問：「他們……把我們……弄到什麼地方去？」

我心中正自不安，立時沒好氣地道：「拉我們去槍斃！」

賈玉珍陡地一震，我以為他聽得我這樣說，一定會急得哭出來的了，誰知道他忽然說了一句令我再也想不到的話。

他像是在自言自語：「槍斃？不知道子彈是不是打得死我？」

他說得十分低聲，可是我和他一起侷處在小小的車廂中，他說的話，我聽得清楚。一時之間，我真是不知道他這樣說是什麼意思。

我只好望着他，看他的那種樣子，既不像是白癡，也不像是神經病，也不見得會在發高燒，可是他竟然講出這種不知所云的話來。

我嘆了一聲，不去理睬他，他忽然捉住了我的手道：「我太貪心了，我其實應該滿足的——」

我不知道他還想胡言亂語什麼，立時打斷了他的話頭：「閉嘴，你在這裏講的每一個字，人家都可以聽到，少說一句吧。」

賈玉珍哭喪着臉，不再出聲。我其實有很多事要問他，至少要弄明白他是不是在修習氣功，但是在這樣的情形下，顯然不是詢問的好時候。

大約在十五分鐘之後，車子在一下猛烈的震動之後停下來。

賈玉珍更是臉色灰敗，失聲道：「怎麼啦？」

我也不知道發生了什麼事，已經作出了應付最壞情形的準備。

車子停下之後，足足過了三分鐘，一點動靜也沒有，我的手心，也禁不住在冒汗，賈玉珍一直拉着我的衣袖，我沒好氣地道：「你不是說子彈也可能打不死你嗎？怕成這樣幹嗎？」

賈玉珍苦笑道：「我想想不對，一陣亂槍，要是將我腦袋轟去了一大半，我活着也沒意思。」

在這樣的情形下，聽到了這樣的回答，真不知道叫人是笑好，還是哭好。

而就在這時，胡士的聲音，突然傳了過來，那是通過播音器傳來的，他的聲音，聽來十分急促：「衛斯理，一百萬美元的承諾，是不是有效？」

我一聽之下，又驚又喜，忙向賈玉珍道：「一百萬美元，我們可以自由，你答應不答應？」

賈玉珍怔了一怔，沒口道：「答應！答應！」

胡士的聲音又傳了過來：「你們能給我什麼保證？」

我嘆了一聲：「中校，我看你現在的處境，不適宜要太多的保證，相信我們的諾言吧。」

賈玉珍幾乎要哭了出來：「一定給，一定給！」他一發急，連北方土話也冒出來了：「不給的，四隻腳，一條尾，不是人。」

我仍然不能確知胡士想幹什麼，只是知道他有意要妥協，在賈玉珍一再保證之下，隔了不多久，車廂的門突然打開，胡士在打開門後，後退了兩步，臉色十分難看，尖着聲：「快下來。」

我先讓賈玉珍下車，然後自己一躍而下，胡士神情看來極緊張，疾聲道：「這裏離圍牆不遠，我想你要帶着賈先生越過圍牆，並不是難事，我會和你聯絡。告訴你，我已經給你們害得無路可走，那筆錢，不給我，會和你們拚命。」

在他急急說着的時候，我四面看了一下，也着實吃了一驚，在車旁，有一具屍體，車頭可能還有一具，那兩個守衛，顯然是被胡士殺死的。而車子是停在一個建築地盤的附近，相當冷僻。

一看這情形，就知道胡士自己也要開始逃亡，不能多耽擱時間了，所以我立時點頭道：「好，後會有期，希望你也能安全越過圍牆。」

胡士苦笑了一下，把屍體推進了車廂，跳上車子，把車子開走之前，拋了一個紙袋下來給我。

賈玉珍還不知道發生了什麼事，拉着我，神情緊張地問：「怎麼了？怎麼了？」

我沉聲道：「我們只要越過柏林圍牆，就可以到西柏林，自由了。」打開胡士的紙袋，裏面有錢，和一些文件。

賈玉珍一聽，大是高與：「我早知道，你來了之後，我就有救。」可是他只高興了極短的時間，立時道：「不行，我還沒有見到魯爾，那……我要的那兩件……玉器，我還沒有到手。」

我一面和他向前走去，一面沒好氣地道：「那兩件玉器再珍貴，值得用生命去換嗎？」

賈玉珍的回答，更出乎我的意料之外，他在呆了半晌之後，才嘆了一口氣：「值得的。」

我真正呆住了。世界上真有值得用生命去交換的東西？這話，如果出自一個革命家之口，那麼他肯用生命去交換的是理想；如果出自大情人之口，那麼他肯用生命去交換愛情。

可是賈玉珍只是一個古董商人，肯用生命去交換一件古董，這未免是天方夜譚了。

我盯着賈玉珍，賈玉珍還在喃喃地道：「值得的，真是值得的。」

我苦笑了一下，只好先假定他的神經不正常。我不把已經有了那兩件玉器的下落一事説出來，因為他還有秘密未曾告訴我。

我帶着他走過了幾條街道，離圍牆遠一點，在圍牆附近，防守相當嚴，雖然胡士給了我兩份空白文件，使我們容易過關，但是還要費點手腳，例如貼上相片什麼的。何況我還要去把那兩件玉器取出來。

胡士放我們走，真是幸運之極，要不然，我實在沒有法子逃出那幢防守如此嚴密的建築物。

事後，我才知道胡士臨走時所說「我給你們害得無路可走」這句話的意思。胡士的上司和蘇聯國家安全局，堅決相信賈玉珍和我，和發明抗衰老素有關，把我們當作超級科學家，限令胡士在最短期限內，在我們的口中，套出這個人類史上最偉大發明的秘密。

胡士明知道自己做不到，也知道做不到的後果。所以，胡士無路可走！

這些，全是我在若干時日之後，再見到了胡士，雙方在沒有壓力、拘束的情形下談話，他告訴我的。當時，我帶着賈玉珍走出了幾條街，把他安置在一家小旅館，吩咐他絕不能離開房間，等我回來。

我向魯爾所說的柏林圍牆附近出發。那一帶，是一列一列相當殘舊的房子。我的心中，不禁十分緊張，魯爾把玉器放在一個牆洞之中，要是被人發現，取走了，那我就什麼也得不到了。

我貼牆走着，有幾個途人向我投以好奇的眼光，但總算沒有引起什麼麻煩。我來到魯爾所說的那個牆角，背靠着牆，反手摸索，摸到了一塊略為突出來的磚頭，拉了出來，伸手進去，一下子就摸到了一包東西。

我大是興奮，用力拋開了那塊磚頭，將牆洞中的東西，取了出來，急急走過了兩條街，把那包東西，解了開來。一點也不錯，是照片上的那兩件玉器，還有一卷相當舊的紙張，看來是從日記簿上撕下來的，寫着不少字。我也不及去看那些文字，先看那兩件玉器。

那兩件玉器，除了雕刻的花紋，看來十分奇特，不像是常見的龍紋、虎紋、饕餮紋或鳥紋。看來是一些十分凌亂的線條，但又看得出，那不是隨便列成，而是精細地雕刻上去的。

玉質是白玉，但是絕非極上乘，我真不明白何以賈玉珍對這兩件玉器，如此着迷，甚至不惜以生命代價來取得它。

看了一會，看不出名堂，我把玉器收好，再去隨意翻了一下那幾張紙，上面寫的東西，卻吸引了我，那是幾天日記，寫日記的人，是魯爾的祖父老魯爾，日記的歷史相當悠久，本身倒也是一件古物，因為那是公元一九〇〇年，

八國聯軍攻破北京時的記載，一共是三天，日子是八月十五日到十七日。

老魯爾那時，是德國軍隊中的一名少尉軍官。

八國聯軍攻進北京城，是公元一九〇〇年八月十五日的事，從老魯爾的日記看來，德國軍隊在當時，進城之後，得到其他各國軍隊的「承讓」，把北京城中王公親貴聚居的那一區，讓給了他們去搶掠。

老魯爾在日記中，極羨慕跟隨八國聯軍司令瓦德西的一隊親兵，因為那隊親兵，先進入皇宮去「搜集珍寶」，而他們，只好在皇宮之外，進行掠奪。

八月十五、十六日的日記，是記着他們專揀貴金屬物品，到八月十七日那一天，才提到了這兩件玉器，記載得到那兩件玉器的經過，記得相當詳細，倒可以看一看：

「北京城真是富庶極了，這兩天，每個人得到的黃金，都叫人擔心怎麼帶回去，沉重的黃金，會妨礙人的行動的啊。

「昨天晚上，有人告訴我，黃金其實不是最值錢的，各種寶石、翠玉、珍珠，又輕巧，又比黃金有價值，還有字畫，聽說也很值錢，可惜我們都不懂。

「今天一早就出動，在這樣充滿寶物的城市，浪費時間來睡覺，真是多餘，但可惜表面上，還要遵守軍令，夜間巡邏本來是苦差，但是一到了這裏，人人都自願踴躍申請參加。

「早上，經過了幾條街道，看起來，家家門戶都東倒西歪，分明已經有軍隊進去過，不值得再浪費時間，我穿過了一條小巷子，看到了有兩扇緊閉着的門，門上居然貼着一張聯軍司令部發出的告示，要士兵不要去騷擾這戶人家。在這種混亂的情形下，以為一張告示就能保得平安，那真是太天真了。不過看來，這戶人家還未曾被侵入過，我扯下了那告示，用手槍轟開了門，走了進去。

「我不知道那戶人家的主人是什麼人，但猜想一定十分有來頭，我一進去，就看到一個中年人，穿着可笑的服裝——中國的盛裝，見了我，就指着一盤金元寶，像是知道我的來意。

「一大盤金元寶，如果是在前兩天，那足以令我大喜過望了，可是現在，黃金已太多了，我要些值錢而便於攜帶的東西。我呼喝着，又放了兩槍，嚇得那本來看來很威嚴的中年人，身子簌簌發着抖，我叫他拿出貴重的東西來，可是他完全聽不懂我的話，我也不會說中國話。

「正在我無法可施的時候，有一個十來歲左右的小孩，奔了出來，那小孩的衣着十分華麗，我靈機一動，一把抓住了那小孩，用手槍指着那小孩的頭，同時，向那中年人示意，要他拿出他認為最珍貴的東西來，換那小孩的安全。為了表示我不要黃金，我把那一盤黃金，推跌在地上。我真想不到，我會有一天，連黃金都不要！

「那中年人終於明白了我的意思，他面色灰敗，連連搖着手，大聲吆喝着，我聽到在一扇巨大的屏風之後，傳出了一陣急促的腳步聲。過了不多久，一個中年婦女，發着顫，捧着一隻盒子，走了出來，她抖得那麼厲害，我似乎可以聽到她全身骨頭都在發出聲響。

「那中年人伸手接住了盒子，從他望着那盒子的眼光，我知道盒子中的東西，一定是價值連城的非凡寶物，我十分高興，一腳踢開了那小孩，走過去，把盒子取了過來，那中年人雙手發抖，還想把盒子搶回來，但是被我向天開了一槍，嚇得他跌倒在地，我取了盒子，揚長而去，出了門，才打開盒子來看，那是兩片玉，看來不像是很有價值。」

關於他得到那兩塊玉的經過如上，還有段記載，是後來補上去的：

「回到德國之後，到收購古物的店鋪去求售。這一類店鋪，在對中國的戰爭之後十分多，走了很多家，但是對那兩塊玉，都沒興趣。

「他們出的價錢很低，倒是那隻鑲滿了寶石的盒子，賣了好價錢。我堅決相信那兩塊玉有價值。那些人全不識貨，因為當時，玉塊的主人用來交換他兒子或是孫子的生命。

「所以，我的後代，如果要出售這兩塊玉片，必須請識貨的人，鑒定它們真正的價值。」

老魯爾的記載，看得我啼笑皆非，那兩塊玉，原來是一個曾參加八國聯軍之役的低級軍官的「戰利品」。老魯爾一直不知道玉器的原來主人是什麼人，但從他的記載來看，一定不是等閒人物，甚至可以和八國聯軍的司令部打交道，當然是滿清王朝中十分顯赫的人物。

但即使是顯赫人物，在城破之時，也只好任由一個低級軍官橫行，真是可

哀得很。

在老魯爾的記載之中，也可以知道，有不少古董商人，都認為那不是什麼珍貴的東西，它們究竟珍貴在什麼地方，怕只有玉器原來的主人，和賈玉珍才知道了。

而魯爾之所以會寫信來給我，當然是遵照他祖父的遺訓，要先弄清楚玉器的價值，才能出售。

只不過我逃走了，胡士也逃走了，都無法再幫魯爾，而只怕蘇聯和東德的情報機構，還不肯放過他，會認為他和抗衰老素有關，魯爾以後的遭遇不知會如何？這倒是令人介懷的事。

我一面想着，一面到了那小旅館中，我在離開的時候，為了怕賈玉珍亂走，將他反鎖在房間裏的，所以我回去的時候，不必敲門，逕自用鑰匙開了門，一打開門，我就一呆。

我看到賈玉珍正在「打坐」，他用的是「雙盤膝式」，神情十分祥和，閉着眼。

我已聽胡士說起過，也知道賈玉珍會練氣功，所以一怔之後，我就關上了門，也不去打擾，只是仔細觀察着他。

不到十分鐘之後，我心中愈來愈是訝異，我本身對氣功不是外行，可是我從來也未曾見過有人在一呼一吸之間，時間可以隔得如此之長。當然，在傳說之中有這種情形，但是親眼見到，卻還是第一次。賈玉珍緩慢地吸了一口氣，隔了十分鐘，還沒有把氣呼出來，在這樣的情形下，根據氣功的理論，他吸進去的那口氣，已經成為「內息」，在他全身的穴道之中遊走。

「氣功」所用的「內息」一詞，十分玄妙，西方科學絕對無法接受，人體解剖學證明，人體的呼吸器官在人體之內，自成一個系統。但是「內息」卻是說，氣可以在體內到處遊走，離開呼吸器官的限制。看賈玉珍這時的情形，誰也不會懷疑他的健康情形，可是他的呼吸狀況，是如此之怪異。

我把手慢慢伸到他鼻孔之前，完全沒有空氣進入和呼出，他如此入神，全然不知我已回來。

我知道，在這樣的情形下，如果我忽然在他身前，發出一下巨響，或是在他身上打上一下，他就會十分危險，甚至立時死亡，而就算沒有外來的干擾，他自己的思緒，如果不能保持極度的寧靜，而忽然之間，想起了足以令他焦慮的事情，那也極危險。重則內臟受傷，吐血而亡；輕則神經系統受損，引致全身癱瘓。

這種情形，在氣功上也有專門名詞，叫做：「走火入魔」。

第六部

一份仙籙、九枚丹藥……

千萬別以為那只是武俠小說中的事，實際上，氣功是真正存在的一種健身方法。

這時，我看着賈玉珍，足足半小時。他緩緩地呼出一口氣，容光煥發，看來臉上，幾乎沒有什麼皺紋。

這真是相當怪異的現象，我一直只知道氣功可以使人的潛在力量得到控制，可以在適當時刻，發出異乎尋常的大力量，在武學上，叫「內功」。我也知道氣功可以使人健康增進，使人看來比實際年齡輕，但是從來不知道，氣功可以使人返老還童。

賈玉珍的呼氣過程，維持了大約十分鐘，他才發出了「嘿」的一聲，緩緩睜開眼。

他看到我，現出吃驚的神色，我忙道：「我也練氣功，但是看來功力沒有你深。」

賈玉珍的神情有點訕訕：「那……不算是什麼氣功，只不過……閉目靜坐一下。」

我心中暗罵了一聲，真想把這個老奸巨猾，拋在東柏林，再讓東德的特務把他抓回去！

離開東柏林，由於有胡士給我的文件，相當容易，一到了西柏林，當天晚上，就到了瑞士。在飛機上，賈玉珍一直在唉聲嘆氣，我真不明白，像他那樣的人，是怎麼會把氣功的層次練得如此之高。

而更令我奇訝的是，他唉聲嘆氣，並不是為了這次他在東德境內的損失，而只是在嗟嘆他未能見到魯爾，得到那兩件玉器。

我一直忍着不出聲，不告訴他那兩件玉器就在我身上，只是欣賞着他那種懊喪的神情。提到答應胡士的那筆錢，他倒很爽快，答應一接到通知，立刻支付。

我在西柏林時，已和白素取得了聯絡，告訴了她我已安全了，到了瑞士之後，很快就會回來。我問她有沒有為我擔心，她的回答，令得我很自豪：「從來也沒有為你擔心過，知道你會應付任何惡劣的環境。」

賈玉珍在日內瓦有分店，而且在古董行業中，十分權威，他也有一幢精緻的小洋房，邀請我去歇歇足，我正中下懷。

和他到了那幢小房子中，在晚飯後，我手中托着酒杯，賈玉珍在我的對面，說道：「總得麻煩你再到東柏林去一次，隨便你要多少代價。」

我搖了搖頭：「我不要金錢上的代價，我要你告訴我，看來如此普通的玉器，有什麼用。」

賈玉珍吞了一口口水，現出十分為難的神情來。我冷笑了一聲：「你那麼想得到它們，甚至說用生命來換也值得，我的條件再簡單也沒有，為什麼你竟然會猶豫不肯答應？」

賈玉珍嘆了一聲，仍然不答。我道：「你是怕說了出來，我會分沾你的利益？」

這是最合理的推測了，除此之外，不可能再有別的理由。果然，賈玉珍神情尷尬地點了點頭。

我又是好氣，又是好笑：「好，我答允你，不論它們值多少錢，我連一分錢都不要。」

賈玉珍仍然皺着眉，過了好一會，才道：「等你……真把東西……弄到到手，我……一定告訴你。」

我真是忍無可忍，一伸手，自口袋中，把那兩塊玉取了出來，在他眼前一晃，說道：「你看這是什麼？」

賈玉珍陡地一聲大叫，伸手就搶，我立時一縮手，可是賈玉珍一下子就撲了過來。在這樣情形下，我立時一拳，擊向他的胸腹，不讓他撲中我。

這一拳，我出手相當重，等到「砰」地一聲，打中了賈玉珍，將他打得向後直跌了出去，坐倒在沙發上，我才暗叫了一聲「不好」，這一拳太重了，只怕賈玉珍禁受不起，會受傷。

我正想過去扶他，卻不料他已經若無其事，一躍而起，發出可怕的叫聲，又向我撲了過來。我倒躍出去，落在一張桌子上，喝道：「賈玉珍，你要硬搶，一定搶不到手。」我雖然這樣說，可是看他獵豹似的，全身精力瀰漫，對自己所說的話，也沒有什麼把握。

賈玉珍那種蓄勁待撲的神情，給我以極大的威脅，覺得他是我的勁敵。

賈玉珍暫時沒有發動，只是喘着氣，盯着我，突然之間，他的神情變得鎮定而堅決，不再喘氣，而是深深地吸了一口氣。

我不禁大吃一驚，他若是慌亂、急躁，還比較容易對付，若是他鎮定下來，我所受的嚴格武學訓練，看來一點也佔不到優勢。

我立時又道：「賈玉珍，好好和我商量！要是你再亂來，我就把這兩塊玉一起砸碎。」

賈玉珍震動了一下，急急搖着手：「不要，不要，有話好說。」

我揮了揮手，他隨着我揮手的動作，退出了幾步，可是仍然盯着我，雙眼的神采，十分懾人。

我心中不禁暗叫了一聲「慚愧」！

賈玉珍雖然在古董市場上叱咤風雲，但是他顯然沒有和人直接鬥爭的經驗。老實說，我說出要毀壞那兩塊玉這種話，已然泄氣之至，若不是有幾分快意，我怎會這樣說？要是他完全不賣帳，再度進逼，我真不知如何應付才好。

可是，由於他太關心那兩塊玉了，所以他沒有再堅持下去。

我從桌上躍了下來，說道：「我們早就有過協議，我找到了這兩塊玉器，你就要告訴我我想知道的事。」

賈玉珍發出了一下悶哼聲，沒有回答。我又道：「而且，我也答應過，如果你的話能夠使我滿足，那兩件玉器，就是你的。」

我最後的一句話，對賈玉珍有極度的誘惑力，他不由自主，吞了一下口水，聲調有點急促：「怎樣才能使你滿意？」

我道：「我能分得出你是在說謊，還是在講真話。」

賈玉珍深深吸了一口氣：「要是你知道了真相，你更不肯把那兩片玉簡給我了。」

我一直到這時，才知道那兩件玉器的名稱是「玉簡」，那還是賈玉珍無意中說出來的。

我冷笑一聲：「我早已說過，我不要分享利益，我只想知道事情的究竟。因為一些事我想不通，要想通它。」

賈玉珍再吸了一口氣，那一口氣，吸得綿綿悠長，他開始吸氣，我也開始，暗中和他較量，可是我已吸得胸口發痛，他還在不經意地吸着氣。

他又緩緩把氣呼出來：「我……該從何說起呢？」

我提醒他：「從屏風的夾層說起。」

賈玉珍望了我一眼：「那扇屏風，本身一點價值也沒有，可是夾層裏，卻有着稀世之寶，那是……那是……」

他講到這裏，又猶豫了一下，令得我焦急萬分，但又不能催他。總算好，他沒有猶豫多久，就道：「那是一份仙籙，和九枚丹藥。」

我陡地呆了一呆，真的，我呆了一呆，因為我完全無法適應他說的話。什麼叫做「一份仙籙和九枚丹藥」？這完全是和現代生活脱節的語言，叫我如何接受。所以我本能的反應是立時大聲追問：「你說什麼？」

賈玉珍道：「一份仙籙，九枚丹藥！」

這一次，我聽得再明白也沒有了，而在那一剎那，我實在忍不住，陡然轟笑了起來，我真正感到好笑，從來也沒有這樣感到好笑過。

一份仙籙！九枚丹藥！

賈玉珍多半是看武俠小說看得大多了，一份仙籙，九枚丹藥，要是有誰聽到了這樣的回答而可以忍住了不發笑，這個人了不起之至。

我不斷地笑着，一直笑得幾乎連氣也喘不過來，腹肌感到疼痛，賈玉珍卻一直只是瞪着眼望着我，像是全然不知道我為什麼發笑。

我還在笑着，賈玉珍忽然嘆了一聲：「你……不要太高興……那九枚丹藥……已全給我服了下去。」

天！他以為我發笑，是因為我「太高興」。本來我已經可以停止發笑，但是一聽得他這樣講，又忍不住爆發出新的轟笑。一面笑一面捂着胸口，用盡了氣力，叫道：「是麼？那九枚丹藥，是不是『九轉大還丹』？還是『毒龍丸』？用七色靈芝，加上成形的何首烏，再加上萬載寒玉磨粉，煉了三十六年才煉成……哈哈，吃了下去，你就可以成仙？」

賈玉珍眨着眼：「不是，那九枚丹藥……仙籙上説叫作『玉真天露丹』，秘笈上解釋説，天露，來自九天之外，是一批仙露……」

這寶貝，他居然還一本正經地向我在解釋。我一揮手，打斷了他的話頭：「那本仙籙呢？又是什麼？」

賈玉珍道：「叫『玉真仙籙』，我的名字叫賈玉珍，和秘笈的名字暗合，可知仙緣巧合，我……」

聽到這裏，單是轟笑，還不夠了，我大叫了起來，一面叫，一面笑着，指着賈玉珍，總算迸出了幾句話來：「賈玉珍，你這個人……我……在第一次看到你的時候……就知道你很富娛樂性……可是想不到竟豐富到這一地步……我——」

我在第一次見到賈玉珍的時候，的確感到他很富娛樂性，當然，這印象，多半是來自他那禿得精光發亮的禿頭。

這時，我想起了第一次見到他的情形，也正由於這個緣故，話講到了一半，就陡然住了口，講不下去。

因為這時，在我面前，被我用手指着，當作是可笑對象的賈玉珍，和我第一次見到他時，截然不同，完全變成了另一個人。他已經不是一個滿面油光的禿頭老者，而是一個有滿頭黑髮，看來精力充沛的中年人。

在他的身上，曾發生過巨大的變化，這一點，任何人都可以看得出來。

我是不是應該繼續笑下去，還是應該聽他繼續講他的「巧合仙緣」？

剎那之間，我感到了極度的迷惘，張大了口，不知道該如何才好。

陡然之間靜了下來，賈玉珍有點焦急：「我……講的全是實話，你不相信？」

我不再笑，因為我感到，事情十分可笑，但是有可能，應該被笑的是我，而不是賈玉珍。我有了這樣的念頭，賈玉珍又道：「衛斯理，我以為你能接受任何不可思議的事情，原來你不是。」

我急忙揮着手：「不，不，不是這個意思，我只是覺得事情很滑稽，什麼仙緣巧合，什麼一份秘笈、九顆玉真天露丹……」我講到這裏，又忍不住笑了起來：「你不覺得十分滑稽？」

賈玉珍瞪着我道：「為什麼滑稽？」

我嚥了一口口水：「當然滑稽，好像……那全然應該是一千年前發生的事。」

賈玉珍立時反問：「一千年前，如果發生過這樣的事，為什麼現在不能發生？」

我又解釋着：「就算是一千年前，也只是在小說筆記野史傳說之中，才有這樣的事，實際上，不會有這樣的事。」

賈玉珍的詞鋒，愈來愈是直接：「你怎麼知道實際上沒有這樣的事？」

我有點惱火：「當然沒有。」

賈玉珍冷笑了一聲：「那只證明你無知，你記載過那麼多和外星人打交道的事，和靈魂交通的事，如果我也說根本沒有這種事，你會怎麼說？」

我很少有給人說得張口結舌的時候，但這時候，我真是不知該如何說下去才好，我只好道：「你得了那……和你名字暗合的秘笈和仙丹之後，又怎麼樣？」

賈玉珍道：「你別再笑，也別打岔。」

我忍住了笑，他說這種事不滑稽，那我真是不服氣。玉真天露丹，名字倒挺好聽，用在武俠小說裏，也足可以應付邪派的老魔頭了，哈哈！

賈玉珍像是在思索着什麼，過了一會，才道：「最早，我聽一位對古物十分有研究的老先生說起，他說人和神仙，只是一線之隔，古時記載着，有許多人因為誠心向道，虔誠修行，煉丹練氣，結果成了神仙，可是現在已經聽不到有什麼人，從凡人變成神仙了。」

賈玉珍叫我別打岔，所以我只是悶哼了一聲。

賈玉珍繼續道：「那位老先生說，古時候成了仙的人，像葛洪、抱朴子、赤松子、東方朔、寧封子、彭祖、白日升天的劉安、唐公房……等等，不知道有多少人，他們能夠成為神仙，全是因為仙緣巧合，得到了修仙途徑的指點，也就是仙籙、秘笈這一類仙書，才能變成神仙。普通人，人人都想變神仙，但是若果沒有仙緣巧合，自己是無法摸到修仙的道路。」

我斜睞着賈玉珍，他對歷史上著名的「成仙」的人物，倒是很熟悉。不錯，歷史上「成仙」的記載很多，也一直有人在求自己由凡人變為神仙，這種求仙的行動，在清朝一定還相當盛行，不然，《紅樓夢》之中，就不會有賈敬醉心於煉丹，想自己變神仙的事。

可是，到如今，世上稀奇古怪的事，雖然多得不能再多，卻久矣乎未曾聽說有什麼人刻意去修仙了。

賈玉珍若是以為自己練練氣功，使得他的健康狀況得到了迅速的改善，衰老被遏制，甚至回復了青春的活力，就可以由此修煉成仙，這不是太可笑了嗎？

他停了一下，又繼續說下去：「那位老先生又說，仙緣十分難得，以前，神仙肯渡人，可是神仙渡人的例子，愈來愈少，凡人要修仙，只能靠極佳的機緣，得到仙籙，接法修行，還要真正有好根基，才能成仙——」

聽到這裏，我實在忍不住了：「你快說到正題去吧，像你講的那些，我在任何一本武俠神怪小說中，都可以看得到。」

賈玉珍陡地提高了聲音：「我說的就是正題。」

我看他那個樣子，只好由得他，耐着性子聽他說下去。賈玉珍又停了片刻，才道：「那位老先生又提到，恭王府裏，就有着一件寶物，和修仙有關，可是卻沒有人參得出來，究竟和修仙有什麼關係。他說他見過那寶物，看來像是一對玉簡，沒有什麼出奇，而且那東西，在拳匪之亂那一年失去了。」

我聽到這裏，才感到略有一點意思，我想起了老魯爾得到那兩片玉簡的記載。

可是，如果說賈玉珍是因為那位老先生當年的一番話，就相信這兩片玉簡，可以使人變成神仙，因而拚命想得到它們，這未免太不可思議。

所以我肯定賈玉珍的敍述之中，一定有不盡不實之處，我也不發問，只是冷冷地望着他。

賈玉珍略停了一會，又道：「那老先生又說，他早年，曾遇到過一個遊方道士，那道士有一扇桌上用的屏風——」

他講到這裏時，向我望了一眼，意思是說，他現在提及的那屏風，就是我賣給他的那個。我點頭道：「是，屏風主人，從一個道士的手中得到它的。」

賈玉珍吸了一口氣：「那位老先生說，那道士對他講，屏風和神仙有關，是神仙所賜的東西，內含無限玄機，他當年聽過就算。後來他又遇到了一個知道屏風來龍去脈的人，說那扇屏風，從青城山的一個道觀裏來，他見過道觀的主持，確實可以肯定，屏風和神仙有關，屏風中還有着巨大的秘密，有神仙手書的仙籙和仙丹，得到的人，可以……可以……」

我吸了一口氣：「可以成仙？」

賈玉珍「嗯」了一聲：「就是這個意思，道觀的主持還說出了打開屏風夾層的秘密——」

我忙作了一個手勢：「等一等，不對了。」賈玉珍望着我，等我發問。我道：「如果道觀的主持，知道打開屏風的秘密，他自己為什麼不打了開來，取了秘籙和仙丹，自己成仙去？」

賈玉珍緩緩地道：「在屏風失去之後——一定是那個遊方道士偷走的，道觀的住持，才在道觀所藏的古籍之中，得到了這個秘密。」

我「哦」地一聲：得到屏風的人，只知道屏風珍貴，但不知珍貴在何處；知道它珍貴的人，卻又沒有屏風，十分造化弄人。

賈玉珍又道：「那位老先生也經營古董生意，當時他就詳細問了那屏風的樣子和取得秘笈的方法，在那次談話之中，他告訴了我，還說：『玉珍啊，人生不過幾十年，如過眼煙雲，像我現在，那麼老了，還能有多少年？家財再多，又有什麼用，別說可以變神仙，只要能延年益壽，散盡了家財，也是值得的。你見的古物多，要是有朝一日，見了那屏風，可千萬不能錯過，別以為鬼神是虛妄的事，要真是虛妄，古人那麼多的記載，總不成全是騙人的？』」

賈玉珍一口氣講到這裏，向我望了一眼：「這番話，我一直記在心裏，可是你如果早幾年，向我來售賣那屏風的話，我還不會要，三元錢也未必要。」

我愈聽愈玄，隨口問道：「為什麼以前不要，現在肯花那麼高的代價呢？」

賈玉珍道：「幾年前，我健康還很好，不覺得生命有什麼危機。可是近幾年來，年紀大了，一年不如一年，各種各樣的痛都來了，想做的事……不能做了，愈來愈感到生命已到了盡頭，在這樣的時候，當年那位老先生的話，一直在提醒我，三百萬美元對我來說，不算是什麼，只要能使我——」

他可能也感到「成仙」這樣說法有點礙口，所以沒有再說下去。面對着和不到一年之前，截然不同的賈玉珍，我「好笑」的感覺，愈來愈少，而代之以一種玄妙無比的感受：真是「玉真仙籙」和「玉真天露丹」，令得賈玉珍的生理狀況，生出了這樣的改變？

賈玉珍揮了一下手：「所以，我一見到那屏風，我心頭狂跳，我開始還想壓壓價錢，後來，只要我能買得起，我都不會放過。」

我悶哼了一聲，想起他付三千美元支票時的那副德性，心中在奇怪，像賈玉珍這樣庸俗不堪的一個人，有什麼資格「仙緣巧合」？賈玉珍續道：「在你書房裏，我用老先生教我的方法，打開了夾層一看，當時我只看到了『玉真秘笈』四個字，就高興得不得了，和我的名字暗合，立時回去，將所有夾層打開，秘笈一共是兩頁，還有就是九枚天露丹。」

我不知道是應該相信賈玉珍的話好，還是不相信他的話好。

如果他這時，還是一年前的老樣子，那不必等到這時，我早已拂袖而去，只當他在放屁了。可是如今，旁的我不知道，有一點可以肯定，那就是：賈玉珍一定因為秘笈和仙丹，才變成如今這樣。所以，無論從常識上來判斷，他的話是多麼荒謬，我都一定要聽下去。

我只是忍不住好奇，問了一句：「那……玉真天露丹，是什麼樣子的？」

賈玉珍道：「是一種異樣的鮮紅色，只有指甲大小，極薄。」

我「哼」地一聲：「沒有異氣撲鼻？」

賈玉珍卻十分認真：「不覺得有。」

我道：「你說你將它們吃了下去？你倒真有膽子，要是它們是毒藥呢？」

賈玉珍呆了一呆：「我倒沒有想到這一點，或許，那是仙緣應在我身上，福至心靈，沒有再去東想西想。」

我聽得有點啼笑皆非，賈玉珍解釋着：「當然，我先拜讀了玉真仙籙，才服食天露丹。」

我仍然忍不住諷刺了他一下：「有沒有先沐浴，再焚香，然後恭讀仙籙？」

賈玉珍道：「沒有，我心急，先看了上面記載的關於天露丹的說明……」

他講到這裏，抬起頭來，望着我：「你須要知道得那麼詳盡？」

我忙道：「當然，當然，說不定我也有機會見到什麼丹，那我就可以毫不考慮，一口吞下去。」

賈玉珍忙道：「不，不，每九天吞食一枚，而且，每吞服一枚之後，還要運氣緩緩將藥力化去，使藥力到達全身關穴，不能亂來的。」

我聽他說得如此認真，不論我說什麼，他都據實回答，這倒使我不好意思再說什麼了，只是問：「天露丹……是天露製成的？」

賈玉珍道：「是……記載說……天露是來自九天之外的仙露——」

我道：「你不必多費唇舌，把那玉真仙籙給我看看就行了。」

賈玉珍用一種訝異的目光望着我，我還以為他不肯：「反正你要講給我聽，不如由我自己看。」

賈玉珍道：「不是，仙籙隨看隨消失，早已不存在了。仙法真是神妙，只要我一記住了上面的話，字迹就自行消失。」

我突然又想起了一個問題：「那麼，仙籙是寫在什麼紙張上面的？那紙，還在吧？」

誰知道賈玉珍又搖了搖頭：「那是一種看來十分柔和、略帶黃色的紙，由於服食玉真天露丹的時候，要用它來做引子，所以，分成九次，燒成了灰，也給我服食了下去。」

我「哼」地一聲：「說來說去，什麼都沒有了？真是一個很好的遇仙故事。」

賈玉珍望了我半晌：「衛斯理，你有眼睛，你可以看出我身體上發生的變化。」

他總算說到問題的正題上來了，我點頭道：「是的，你年輕了。」

賈玉珍的神情變得極興奮：「我根據仙籙的指示，每隔九天，服下一枚仙丹，再照仙籙上所載修煉的方法練氣，三次之後，我早已禿了頂的頭上，就開始長出了頭髮。現在，我覺得我自己比三十歲的時候，還要精力充沛，上兩個月，我還新長出了兩顆早已拔掉了的牙齒。」

我靜靜地聽他說着，他張大了口，要我去看他口腔中新長出來的牙齒，我連忙搖手道：「不必了，不必了，我相信，你的生理狀況，在不到一年之中，發生異樣的變化，你變得年輕了，東德人替你作過徹底的檢查，這種回復青春的現象，真是不可解釋。」

賈玉珍道：「怎麼不可解釋？」

我道：「胡士中校和他的情報機構，認為你我是超級科學家，掌握了『抗衰老素』的秘密！」

賈玉珍眨着眼：「抗衰老素……你的意思是，如果吃了抗衰老素，人就會青春不老，返老還童？」

我點頭：「理論上是這樣。」

賈玉珍「哼」地一聲：「剛才你不斷諷刺我，我懶得和你爭辯。抗衰老素，玉真天露丹，只不過是名稱不同，為什麼聽到了抗衰老素，你不覺得好笑，但是聽到了玉真天露丹，你就覺得好笑？」

聽得賈玉珍這樣責問，我真的怔住了。

是的，為什麼聽到了「抗衰老素」，一點不會有發笑的感覺，而且還覺得這是一個嚴肅的科學研究課題，但是一聽到「玉真天露丹」，就感到好笑呢？實際上，那只不過是名稱不同而已。

如果「玉真天露丹」真的有回復青春的功效，那麼，它就是「抗衰老素」，是古代留下來的，一種有着十分顯著效驗的抗衰老素。一想到這一點，我感到整個人，全身發熱。

賈玉珍這混蛋！當他吃了八枚仙丹，感到有顯著的效驗，他竟然將最後一枚也吞了下去，而不留着去化驗一下成分，看看究竟是什麼，可以使人體的細胞產生新的活力。要是能化驗出它的成分，加以合成，那這種發明，可以改變整個人類的歷史。

我瞪着他道：「你，你……應該剩下一點，看看它的成分。」

賈玉珍翻着眼：「那有什麼用，講明是來自九天之外的仙霞煉製的，我們凡人怎弄得明白？」

我不由自主，團團轉動了幾個圈，思緒亂成了一片。我所想到的是：仙籙、仙丹，這種名詞，聽來雖然可笑，但是只要實際上有效驗，那麼，仙籙上所載的運氣方法，再加上仙丹上的藥力輔助，的而且確，可以使人體細胞不再衰老，回復青春。

這是現代人類醫學拚命在研究，但是還一無所成的一個課題，難道古人在這方面，早已有了成就？只是蒙上了神仙的神秘色彩，所以才不為人知，或是因為其他的原因，所以才未曾推廣。

我愈想愈亂，如果某些古人，掌握了這種防止衰老的方法，那麼，這些不衰老的人，是不是就是傳說中的神仙？

我心中迷惑之極，賈玉珍所說的一切，玄妙到了無法令人相信，可是他本身，卻是一個活生生的細胞產生了新的活力的例子，一個「仙緣巧合」的例子。

賈玉珍以十分焦慮的眼光望着我，我連吁了幾口氣，仍然不知道該如何開口，賈玉珍道：「好，我已經將一切全告訴你了，那兩片玉簡——」

我陡地想了起來：「是啊，這兩片玉簡，你說了半天你的仙遇，可是聽來，全然和這兩片玉簡沒有關係。」

賈玉珍嚥了一口口水，神情很猶豫。這時，我的神情語氣，不再輕佻，而是十分誠懇地道：「你放心，雖然人人都想青春常駐，永不衰老，但是九枚仙丹全叫你吃了，我就算殺了你也沒有用，不見得吸你的血，也可以收回一點藥性來防止衰老——」

我這樣說法，不過是傳說中的另一章，想令賈玉珍放心，可是這傢伙，真枉了神仙那麼眷顧他，連一點幽默感也沒有，我話還沒有講完，他已經嚇得臉上變色，雙手亂搖：「別胡說八道，當然沒有用。」

我苦笑了一下：「那你就可以放心告訴我，那兩片玉簡，和你的奇遇，有什麼關連？」

賈玉珍又支吾了半天，才吞吞吐吐問：「我要是說了，你真肯……把那兩片玉簡給我？」

我肯定地道：「一定！」

賈玉珍像是下定了最大的決心，道：「好，在屏風內藏着的玉真秘笈，只是上冊，上面記載着，要下冊，必須有那兩片玉簡，根據上面的指示，去尋找。」

我吃了一驚：「你……要是有了下冊——」

賈玉珍道：「上冊記載的，只不過是練氣、強身、不老的方法，多半還是靠九枚仙丹的力量，使得服了仙丹的人，脫胎換骨。」

我已經知道，聽賈玉珍的話，要用另外一種語法——現代的語法來演繹一下，才比較容易接受。剛才賈玉珍的那番話，意思就是說：「那本秘笈上冊所記載的，是一種特殊的健身方法，這種方法，依靠着某種藥物的幫助，能使人體組織發生變化，使衰老的細胞，產生新的活力，從而使整個人都變得年輕，活力充沛。」

這其實已經是生命上的奇蹟。

上冊「不過如此而已」，那麼下冊能使人怎樣呢？真能上天入地，來去自如，與天地日月同壽嗎？

我問：「如果你有了下冊，會怎麼樣？」

賈玉珍道：「當然……當然可以修煉成……神仙。」

我深深地吸了一口氣，只想了極短的時間，就把那兩片玉簡，取了出來：「我不會阻止你去成為神仙，但只有一個要求。」

賈玉珍説道：「只管説，只管説。」

我道：「簡單得很，當你真成了神仙之後，回來，讓我看看你，我從來沒有見過神仙是什麼樣子的。」

賈玉珍十分高興地笑了起來：「當然，要是我有能力，我也要渡你升仙。」

這十分難以回答，難道我應該連聲說「多謝」？我只好擠出笑容，表示謝意，一面把那兩片玉簡，遞給了他，他大喜過望地接了過去，緊緊握着，生怕被人搶走。

我道：「這上面，好像沒有什麼指示。」

賈玉珍道：「你看不懂，參不透，我只要花一點工夫，就會悟透玄機。」

我笑了一下：「你現在雖不是神仙，我看至少也是半仙了。」我真想叫他一聲「賈半仙」，可是卻又叫不出口。一般來說，自稱什麼「半仙」，或是叫人什麼「半仙」，都有點滑稽或取謔的意味在內。可是賈玉珍如今的情形，已經完全違反了人隨着年齡的增長而衰老的規律。他突破了這個規律，進一步，在他的身上會發生什麼樣的變化？難道真能突破死亡的鐵律，成為長生不老的神仙，甚至於還可以法力無邊？

第七部

人體潛能無窮無盡

我並沒有羨慕妒嫉的意念，老實說，從凡人變為神仙，不論我多麼能接受不可思議的事，似乎還不在我接受的範圍內，我這時所想到的只是要知道他再變化下去，會變成什麼樣。所以，我倒真是希望他能參透那兩片玉簡上的玄機。

賈玉珍緊握着那兩片玉簡，希望我從速離去，反正他答應了還會來看我，我道：「你要讓胡士中校容易找到你才好，要不然，這種人亡命起來，什麼都做得出來的。」

賈玉珍「哦」地一聲：「他要找我，只怕不容易，我把支票交給你，我想他會來找你。」

我道：「也好。」

賈玉珍把玉簡貼身放好，取出了支票簿。我一直有滑稽的感覺，想發笑，這不能怪我。想想看：神仙開支票，這是一種什麼樣的「組合」？

賈玉珍望着我：「你是不是需要——」

我搖頭道：「不要，等你成了仙之後，教我點鐵成金的方法就是。倒是魯爾那裏，應該給他多少。」

賈玉珍又瞪了我一眼，咕噥了一句，把支票給了我，我和他握了握手想說什麼，但實在不知道說什麼才好，就揮了揮手，和他告別。

我一點也無法想像他如何從那兩片玉簡上，悟到什麼玄機。整件事，怪得叫人像是回到了三千年前，但就算是兩三千年前，這種「仙遇」，也夠怪異了。

我沒有在瑞士多逗留，就啟程回家，等我到了家裏，把一切經過，詳細對白素講了一遍。白素道：「從昨天開始，就有一個德國口音的人打電話給你，我猜就是胡士中校。」

她正說着，電話又叫了起來，我拿起來一聽，果然是胡士，他聽到了我的聲音，就問：「怎樣了？」

我道：「錢在我那裏，你什麼時候方便，可以來拿。」

胡士道：「五分鐘之內，我可以來到。」

我放下了電話：「胡士這個人，十分精明能幹，你對發生在賈玉珍身上的變化。有什麼看法？」

白素沉吟不語，看來她像是在等待着什麼。不一會，門鈴響，老蔡帶着胡士上來，等胡士坐下，我把支票交給了他，白素才道：「我的想法，和胡士中校——」

胡士作了一個無可奈何的神情：「別再提銜頭了，叫我胡士吧。」

白素笑了一下：「我的想法，和胡士先生很接近，賈玉珍如果不是接受過抗衰老素的藥療，絕不會出現這樣的情形。」

胡士震動了一下，怔怔地望着白素。

我道：「這種結論——」

白素揮了一下手，示意我別插言，她道：「分析一件事，邏輯上來說，可以有正反兩途，一個人，若是接受了抗衰老素的藥療，他可以變年輕，反過來說——」

我大聲道：「你不會以為我連反推論都不知道吧？」

白素道：「你既然知道，為什麼還要懷疑他曾接受過抗衰老素的藥療？」

我一想起來，又忍不住想發笑：「他說的過程，你相信嗎？」

胡士緊張起來：「什麼過程？」

這個過程，要向胡士解釋，十分困難，我還沒有想應該怎麼說，白素已經用胡士可以了解的語言，簡單地解釋了一下。

胡士「啊」地一聲：「中國本來就充滿了神秘，古代的中國人，有了抗衰老的秘方，可以了解。」

我冷笑一聲：「還不止啦，他還可以進一步成為神仙！你知道嗎？中國人對神仙的解釋，和西方人不同。」

胡士瞪着我，雖然現在我和他已完全不必再敵對了，可是還是不免和他針鋒相對一番，他立時問：「怎麼不同？」

我道：「中國人所謂神仙，能超脱生死，變幻莫測。法力無邊，呼風喚雨，點石成金，上天下地，遊戲人間，一下子去參加西王母的宴會，一下子又可以躺在街邊當乞丐，來懲惡獎善。」

胡士擺出一副不以為然的樣子來：「神仙，本來就應該是這樣子的。」

我瞪眼道：「你認為真有這樣的一種……生物？」

胡士也反瞪着我：「這個問題已逸出我們剛才在討論的問題，我們是在討論抗衰老素是否存在，和抗衰老素是否曾在賈玉珍的身上，起了作用。」

我道：「如果相信了賈玉珍的第一部分的話，那就要進一步相信他第二部分的話。」

白素道：「中國古代，關於神仙的記載，尤其是凡人變成神仙的記載很多，《神仙傳》、《列仙傳》是其中著名的。其他，像《淮南子》中，也有不少記載，不過，好像在漢唐以前，成仙的人比較多，漢唐以後，就少有實例。」

我「哼」地一聲：「到了二十世紀，又有一個可以成仙的賈玉珍。」

白素笑了一下：「賈玉珍是一個特殊的例子，因為他得到了一本仙籙和九枚仙丹，所以可以脫去凡骨——」

我大聲叫了起來：「素！」

白素道：「脫去凡骨，是修仙過程中的一個名詞，聽來很玄，但如果解釋為通過某種藥物的作用，把人體內對生命有害的質素排除，使人體的內分泌結構、細胞組織，甚至思想程序，都得到徹底的改變，可以接受？」

我說不出話來，白素道：「中國語言實在很精煉，你看，我詳細解釋了一大串，還不如脫去凡骨，或脫胎換骨等四個字，來得傳神。」

白素的話，很難反駁，我道：「如果根據傳說，這種『藥物』的功效，簡直其大無比，《神仙傳》中就記着淮南王劉安服了丹藥升天，餘下來的藥，給他養的雞和狗吃了，雞和狗也跟着升天了，『雞犬升天』這句成語，就是這樣來的。」

白素點了點頭：「回到老問題來：為什麼漢唐以前，特別多這樣的事呢？」

我忙道：「等一等，你這樣問，是首先承認了這些記載是事實。」

白素竟然和胡士異口同聲道：「先假定這些記載是事實。」胡士補充了一句：「如果根本認為這些記載是虛構的，也不必討論下去。」

我的想法和他們不同，但我倒想聽聽，白素為什麼要假定這種記載是真的，所以我沒有再說什麼。

白素望了我一眼之後：「這是一個相當有趣的現象，這種現象說明在漢唐以前的那個時代，有某種力量存在，這種力量，特別容易使人有變幻莫測、超脱生死的能力！」

我眨着眼，胡士也眨着眼。白素道：「我的意思是，會不會在那時候，有外來的力量，使某些地球上的人，能夠有超凡的力量？」

我立時道：「你所謂『外來的力量』的意思是——」

白素吸了一口氣：「『外來的力量』，就像是賈玉珍所説，他服食的藥物的主要成分是『天露』，來自九天以外！」

我用力令自己的手揮着圈，究竟想表示什麼，連我自己也不知道。

胡士已叫了起來：「衛夫人，多麼奇妙的解釋。來自外太空的某種物質，可以徹底地改變地球人的身體生理結構，使地球人的身體潛能，得到充分的發揮。」

我繼續眨着眼，心中在不斷問：有這個可能麼？「仙丹」來自天外，是外星高級生物留下來的，或是根據外星高級生物傳授的辦法製做出來？

我答不上來。

白素繼續道：「當時，那種外來的力量，可能很具體，譬如說，來了幾個外星人，逗留在地球上，傳授着使地球人本身潛能可以充分發揮的方法。」

我大聲道：「人體的潛能，可以使人來去無蹤，變幻莫測，這未免太過分了吧？」

白素道：「能夠突破空間限制的人，在普通人看來，就是來去無蹤的。如果再突破了時間的限制，那就是超脫生死了。」

胡士立時道：「是啊，地球人無法突破時間和空間的限制，但外星人或者早已掌握了這種方法。」

我有點無可奈何：「漢唐以後，神通廣大的外星人離去了，所以地球人變神仙，也就少了？」

白素望着我：「你是真心這樣說，還是在諷刺我？」

我作了一個鬼臉：「白素，你的假設，我也不是第一次聽到，有一派人說，中國傳說中的那些神話人物，造型全都非常古怪，什麼人首蛇身、牛頭獅身等等，那些人物，全是外星來到地球上的，甚至黃帝和蚩尤大戰，也是外星人在地球上的戰爭，還有戰敗的急於逃走，引致核子大爆炸，女媧要補的天，就是要消除核子雲。」

白素道：「為什麼沒有可能？」

我嘆了一口氣：「要假設起來，什麼都是可能的。」

我無意和白素繼續爭論下去，所以才下了這樣的結論，意思是：單憑想像，什麼事都可能，無法爭論。

誰知道，白素明白了我的意思，胡士卻不明白，兩眼一瞪：「本來，世界上就沒有不可能的事，什麼事都可能。」

我狠狠瞪了胡士一眼，道：「當然，你硬要這樣說，誰也沒有法子反駁你。」

胡士彈着手中的那支票：「謝謝你，有了這筆錢，我第一件事，就是要到瑞士去進行整容外科手術，改變自己的外形，唉，給人家追得東躲西藏，這滋味可真不好受。」

我忍不住諷刺他：「要是有什麼仙丹。吞一顆下去，就可使你整個樣貌變

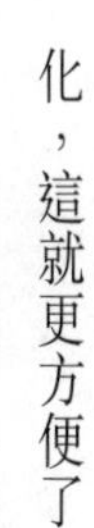

化，這就更方便了。」

胡士嘆了一聲，樣子反倒是很同情我，他指着白素：「衛先生，尊夫人比你明智得多。」

我「哦哦」了兩聲：「一點也不新鮮，你並不是第一個說這種話的人。」

胡士揮着手：「我的意思是，你的主觀太強，這就使你比較不容易接受新的觀念。」

我還不容易接受新的觀念？我真想給他一拳，可是他立時又道：「你一再諷刺『仙丹』，『仙丹』這回事，你不容易接受，可是如果把名詞換一換，換成了『來歷不明的某種有特殊效能的藥物』，你就可以接受，這是你這種主觀上認定了自己有科學頭腦的人的致命傷。」

我給他這一番話，說得張大了口，答不上來。同類的話，賈玉珍也說過。

的確，「仙丹」和「仙籙」這種名詞，很難接受，但如果像胡士和賈玉珍所說那樣，換成了「外星的一種對人體可以造成異常的生命活力的物質」或是「一種特異的方法，刺激人體的活動，使人體的潛能得到充分發揮」之類，我就可以接受。

這是一個觀念上的問題，東西放在那裏，事實發生着，用什麼名詞去解釋，事實始終不變。

我深深地吸了一口氣：「別大發議論了，快到瑞士去切割你的臉部吧。」

胡士笑了一下，臨走時：「再有賈玉珍的消息，我倒真想知道。」

胡士離去了之後，我又想了好一會，才道：「先可以肯定一點，令得賈玉珍的生理狀況發生了巨大變化的，是某種藥物，和某種方法。」

白素淡然道：「是，仙丹和仙籙。」

我停了片刻，接受了「仙丹」和「仙籙」這兩個名詞。雖然在感覺上仍然很彆扭，但總比「某種藥物」之類的叫法，順口得多。

所以我接下來道：「仙丹或仙籙，不一定是外星人傳下來的，或許是古人自己的發明。」

白素道：「有可能。」

我再停了一會，道：「通過服食仙丹，和修習仙籙，究竟在人體內，會引起什麼變化呢？何以這種變化會使人有返老還童的效果？」

白素這次，並沒有回答，因為她知道我對這個問題，一定有着自己的答案。我過了片刻，又道：「我想，那一定是突破了人體細胞衰老的必然過程。」

白素道：「這是唯一的解釋，現代科學對人體結構，所知不多，例如內分泌系統，理論上早已知道了它的重要性，可是所知也極少。對腦部的研究，也只能說是才開始，腦電波，腦部所分泌的化學物質甚至可以影響一個人的情緒，實在太複雜了。」

我點頭，表示同意，白素又道：「有一件事，你我都熟悉，中國武術中的練氣方法，的確可以使人的生理狀況長期保持極佳狀態，使得各種疾病遠離。由細菌引致的疾病，怎麼能夠由虛無縹緲的意志所克服呢？」

我立時道：「克服或消滅了細菌的，當然不是意志本身。而是意志刺激了腦部的活動，使得身體本身，分泌出一種物質來，克服或消滅了細菌。」

白素「嗯」地一聲：「這情形，和針灸有點相同。針灸術，現在舉世公認。針灸術的原理是，刺激人體某些特定的部位——穴道，就可以使人的健康情況改善，自然也是接受了刺激，人體會分泌出某種物質。用針、灸去刺激，和利用意志去產生，實際上一樣。」

我長長地吁着氣：「這些事實，只說明了一點，我們對於自己的身體太不了解了。一盞電燈所消耗的電能，用在發光上不過百分之五，百分之九十五浪費掉了。我相信人體的能力，我們一般日常活動中所用到的，只怕還不到百分之一，百分之九十九被浪費掉了。」

白素遲疑了一下：「或者，還不到千分之一，還有千分之九百九十九，沒有發揮出來，這些潛能，如果通過一定的方法，能夠發揮，那麼，這個人的能力可以達到什麼程度，實在無法想像。」

我忽然「呵呵」笑了起來：「也不是全然不能想像，我們還不知道人體潛能的比例是多少，如果是一千比一，甚至是一萬比一，那麼，全部潛能可以發揮的人，他就是神仙了。」

白素閉上眼一會，有點無可奈何地搖了搖頭：「這始終只不過是想像。」

我道：「賈玉珍已經走了第一步，我真希望他找到玉真仙籙的下冊。神仙，太奇妙了，什麼樣的人全見過，可真還沒有見過神仙，就算是設想吧，神仙可以點鐵成金，你怎麼設想？」

白素笑了起來道：「我們現在這樣的對話，有點像是癡人說夢。」

我道：「反正是假設，你假設那是一種怎樣的現象？」

白素仍然笑着，過了一會，她才道：「我的設想是，到了潛力完全能發揮的時候，人腦的力量，自然也大大加強，腦電波強烈到了可以使充塞在空間中的能量聚集起來，而聚集的能量，可以改變元素的原子排列程序，改變元素的性質，於是他伸手一指——」

我「哈哈」大笑着，接了上去：「黑漆漆的一塊鐵，就變成黃澄澄的金子了。」

白素也隨之笑了起來。

這自然只是設想。要聚集可以使元素的原子排列方式改變的能量，在實驗室中可以做得到的，但是那不知要通過多少裝備，才能達到目的，人腦有這樣的力量嗎？

但是，又為什麼不能呢？人腦的組織，不是比任何實驗室更複雜嗎？

白素一面笑着，一面反問我：「你又有什麼不同的假設，說來聽聽。」

我叫了起來：「這不公平，你把最有可能的假設說了，要我另外想一個，那可難多了。」

白素作了一個不屑的神情：「神通廣大的衛斯理，不見得連想多一個可能，都想不出來吧。」

我一挺胸：「當然想得出，點鐵成金，就是把一樣東西變成另一樣東西，潛能全部發揮，可以隨意突破空間和時間的限制，一伸手之間，他的手已到了另一個空間，那空間之中，全是金子，他抓一塊過來就行了。哼，不單是點鐵成金，所有的神仙法術，說穿了，全是空間的轉換。」

白素笑着道：「有道理，有道理。」

我們之間，對於「神仙」的討論，就到此為止。「人體潛能徹底發揮說」，只不過是假設。真要是有人可以成為「神仙」，那究竟是一種什麼樣的變化，全然不得而知。

我和白素都相當忙，有着各種各樣雜七雜八的事，有許多事，同時發生，交叉着來處理，我所記載出來的事，絕不是發生了一件，接着又一件的，而是許多件同時發生的。只不過為了記載上的方便，所以看起來，才像是各自獨立。

譬如說，我從東柏林回來，只不過停留了一天，又離開家裏，到瑞士去了。我到瑞士去，不是為了去找胡士，而是另外一件事，那件事，已記載在名為《後備》的故事中。

在忙碌之中，我一直在留意，是不是有賈玉珍的消息，可是卻音信全無。一直到了大半年之後，一次幾個熟朋友聚會，我提起了這件事。那些熟朋友，全十分出色，有科學家、藝術家、考古家、探險家，以及一些全然身分不明、不知道他們是幹什麼的古怪人物。事實上，我也被人家列為這種人。

我提到了賈玉珍得到了仙丹和仙籙，禿頂生髮，返老還童，幾乎所有的人，都嘻哈絕倒，轟笑了起來。有幾個，一面笑，一面還指着我，在怪聲叫着。有的道：「衛斯理，你這人，真富娛樂性。」

有的則大力拍着我的肩頭：「衛斯理，你遇到過的外太空生物還不夠多？怎麼又遇仙了？」

對於他們的這些反應，我一點也不奇怪，因為當初，我也笑得腹部肌肉發痛，幾乎閉過氣去。

我由得他們去笑，只是準備向其中一位專研究人體潛能的，徵詢他的意見。在眾人的轟笑聲中，我把他拉到了一角，提出了我的問題。他望着我，先是不斷吸着他的煙斗，然後，當我們的周圍已開始有不少並不發笑的人，而其餘人的笑聲，也漸漸停下來之後，他才道：「衛斯理提出來，有關人體潛能這個說法，其實並不好笑，相反，還極其可哀，那是人類的悲劇。」

那位朋友一開口，所有的人全靜了下來。

那位朋友又吸了一口煙，才道：「人與人之間，才能相去之遠，簡直不成比例，為什麼有的人，像富蘭克林，像羅蒙諾索夫，他們可以懂得那麼多，腦中能積聚那麼多的知識？把愛迪生的腦子，和一個普通人的腦子來比較，只怕沒有什麼不同，可是愛迪生多麼不同，這是人體潛能無窮無盡的最佳例證！」

有一個聲音叫了起來：「別拿思想上的事來作例證！衛斯理剛才所說的，是生理上的事。」

那位朋友吸了一會煙：「前年，我曾隨着一個探險隊，到喜馬拉雅山去找『雪人』。結果，沒有找到雪人，可是卻在一些終年積雪，氣溫常在零下十度的小山洞之中，見到了好幾個印度隱士，在那裏修行。這些隱士身上只有最簡單的禦寒衣物，而且，幾乎沒有食物，他們在那種情形下，可以長年累月生存，現代醫學無法解釋，證明人體的潛能，如果發揮出來——」

一個人又笑了起來：「可以不吃東西？」

那位朋友神情嚴肅：「人，吃東西，是為了讓身體有營養，營養是什麼呢？是一些元素，一些物質，為維持生命所必需。我們可以分兩方面來看，一方面是：潛能未得到充分發揮的生命形式，必須依靠營養來維持，反之，人體就可以不需要營養。另一方面，潛能未充分發揮，要靠大量的食物，來攝取營養，如果潛能發揮，可以直接從空氣之中，得到生命所要的元素，那也就可以不需要食物。」

雖然不少人仍然面露不以為然的神色，但是沒有人再說什麼。

那位朋友向我望來：「剛才你提到的，中國傳說中的神仙，需要進食麼？」

我道：「可以進食，也可以不進食，在不少情形下，不進食是一種手段，或是到達某一階段之後的成果，有一個專門名詞，叫作『辟穀』，反而可以長生不老。」

那位朋友「嗯」地一聲：「我們對人體的體能，所知實在太少。去年，在日本，我參加了一個『意念攝影』的試驗——」

這句話一出口，引起了一陣交頭接耳聲來。我知道，大多數發笑的人，和我其實是患了同一個主觀先入的毛病。他們對於一切奇妙的事，本來都極有興趣，可以接受的，但是在觀念上，他們願意接受新名詞，而不願意接受傳統的名詞。

像「辟穀」，他們無法接受，但「直接自空氣之中，攝取人體所需的物質」，他們就可以接受，但實際上，那全然是同一回事。

那位朋友提出了「意念攝影」這件事來，大家就不笑，而且極有興趣。那位朋友道：「意念攝影是日本東京帝國大學教授福來友吉博士首先發現，他發現，某些人的超能力，即人體潛能，容易發揮，這一類人，當他們集中意念去想一件物體的時候，竟然可以令得感光材料發生作用，使得他想的東西，成為影像，被拍攝下來。」

他講到這裏，略停了一停：「那次我參加試驗，對象是一位日本女性，試驗的成功率，是百分之二十，那已經是極其驚人的了，其中有一幅東京鐵塔的意念攝影照片，簡直比霧天對着實物拍攝的還要清晰。這證明人腦的活動，可以放射出感光材料起感光作用的一種能量。這種能量，和眾所周知的生物電在理論上來說，全是人體的潛能。」

我問：「你的意思，人體潛能是無限量的？」

那位朋友道：「也不能這樣講，但我們對於人體潛能究竟可以達到什麼程度，卻一點概念也沒有，或許真是無限量，或許十分小，不知道，一切還全在未知的領域之中，無法估計。」

他略停了一停，才又道：「你提及你認識的那個人，得到了一本有文字記載的冊子，可以令得他的生理狀況發生改變？」

我說道：「是的，還有一些藥物。」

那位朋友道：「我想，這個人的生理狀況改變，主要也是由於潛在能力得到了發揮。還有，那記載着的文字，會……消失？」

我皺了皺眉，關於這一點，我也不十分相信，而認為是賈玉珍在弄狡獪，所以我道：「他是這樣說。只要他記熟了句子，文字就消失了。不過我不是很相信。」

那位朋友考慮了半天：「也有可能，這就是我剛才為什麼提出『意念攝影』來的原因，你想，人的意念，可以具體地令感光材料發生作用，現出影像。那麼，自然也可以令得某些影像消失。那本小冊子，不知道用什麼材料製成，上面的文字會消失，我想原理也和意念攝影差不多——當他熟記了文字之後，腦部活動就產生了一種力量，這種力量，可以使得影像消失。」

我用心聽着，這位朋友的解釋，聽來很有道理，我道：「這樣說來，人體的潛能，主要還是蘊藏在人的腦子中？」

大家靜了一會，有一個道：「我想，人類文明的飛速進步，大抵也和人體潛能在逐步得到解放有關。以前的人，腦部能力發揮得有限，由於腦部能力的逐步發揮，所以才有了各種各樣的發明，使得文明迅速朝前進展。」

這個說法，得到了大多數人的認同，我道：「照這樣看來，潛能真是無限量的，因為人類文明，必然不斷向前進展，不會有停止。」

大家紛紛討論着，這時，對於我提出來的賈玉珍的遭遇，沒有什麼人發笑，幾個對人體生理有着深刻認識的醫生，紛紛發表他們對於人體衰老程序，和抗衰老素的可能性的意見，但是由於並沒有什麼新意，所以不詳細記載。

後來，大家又熱烈地談到了人是否能克服地心吸力，有人認為可以，理論上來說，潛能可以發揮到無限量的話，地心吸力為什麼不能克服？

這個問題，引起了一陣爭論，一個持可能說的，脹紅了臉，大聲道：「世界一流的跳遠選手，可以創出八公尺以上的跳遠紀錄，普通人做得到嗎？這就是他的體能克服了地心吸力的例子。」

這位先生，可能還是一位武俠小説迷，他又道：「近年來的跳遠姿勢，是在一躍而起之後，身在空中，雙腿作跑步的動作，而這時，他的雙腳是完全不點地的，人在半空之中，藉這樣的動作，就可以使他跳得更遠，哼哼，衛斯理，這是輕功中的什麼？」

我立時答道：「凌空步虛。」

那位先生十分高興：「就是這玩兒。」

在場有些不看武俠小説的人，當然不知道「凌空步虛」是啥東西，於是我又解釋了一番。

聚會一直到凌晨一時許才散，各人紛紛離開，我駕着車，在駛回家的途中，感到相當高興，因為人體潛能發揮論，似乎得到了承認。

我停好了車，下車，心情輕鬆，準備吵醒白素，把我們討論的經過講給她聽。我一面轉着鑰匙，一面走向門口，就在我要去開門的時候，忽然聽得有人叫我：「衛斯理。」

我立時回頭看去，看到在牆角處，有人向我走來。

牆角處有着街燈，光線雖然不十分明亮，但也足以使我看清楚，向我走過來的是一個年輕人，約莫二十出頭，看起來有點臉熟，可是一時之間，卻又想不起曾在哪裏見過他。由於那青年連名帶姓叫我，相當不禮貌，所以我只是冷冷地應了一聲：「是。」

那青年來到我面前：「你家裏沒有人，我等了很久了，你們兩夫妻都習慣那麼晚回家？」

這兩句話，真聽得我冒火，我冷笑道：「我們遲回家早回家，關你什麼事，你是什麼人？有什麼事？」

那青年聽得我這樣問，現出十分古怪的神情來，接着，他伸手在自己的臉上撫摸了一下，說道：「你不認識我了？」

我瞪着眼：「你是誰？」

當我在這樣問的時候，我心中也竭力在想：這人真是臉熟，可是卻又記不起什麼時候認識這樣一個青年人。

正當我在這樣想的時候，那青年伸手，向他自己的頭上，摸了一下。

在那一霎間，我像是遭到了電殛，整個人都僵呆了，我伸手出來，指着他，可是卻一句話也講不出來。眼前的青年，一點也沒有恐怖之處，但是我卻震懾得講不出話來！

我認出他是什麼人來了，也正因為如此，我才會目瞪口呆，舌頭不聽使喚。那是賈玉珍。我眼前的那個年輕人，是賈玉珍！

我一把抓住了他，生怕他忽然跑掉，在那一霎間，我的思緒，真是亂到了不可再亂。

上次我和他見面的時候，他已經是看起來比實際年齡年輕得多，足以令人詫異了，七十歲左右的人，若是保養得好，看起來像是五十歲，這種情形，可以接受。

然而現在，在我面前的這個人，實實在在，是一個二十歲才出頭的小伙子。這時，我抓住了他的手臂，可以清楚地感到他手臂上的肌肉，強而有力。而且，我和他之間的距離，如此之近，我盯着他，他臉上的肌肉，充滿了青春的活力，一點皺紋也沒有，雖然眼神掩不住他有着豐富的人生經驗，但實實在在，這是一個年輕人。

我不斷地想着：他是賈玉珍，他不是賈玉珍，他究竟是什麼人？不，他一定是賈玉珍。

我的思緒紊亂之極，除了抓住他之外，我只能說：「你……你……你……」

那年輕人道：「我是賈玉珍啊。」

我「嘓」地一聲，吞下了一口口水，仍然講不出話。賈玉珍神情有點苦澀：「我……看起來……樣子有點變了……是不是？」

直到這時，我才深深地吸了一口氣，能講出一句完整的話來：「天！你返老還童了。」

賈玉珍的樣子，倒未見得十分高興，又苦笑了一下：「是的，我自己第一次看到自己變成這樣子，也嚇了一大跳。」

我仍然緊抓着他，把他拉向門口：「來，進去再說，進去再說。」

當我用鑰匙去開門的時候，我迅速地在思索着：返老還童，一直只是想像中才有的事，但如今，竟然有一個活生生的例子在我眼前。

我的思緒還是十分亂，我忽然又想到，如果現在，賈玉珍落在蘇聯、東德的特務手中，那只怕會把他切成千百萬塊來作研究。

一個七十歲的老人，變成了一個二十歲左右的青年，是什麼力量使他變成這樣的？他一定已經找到了「玉真仙籙」的下卷，難道他現在已經是神仙了？

可是看他的樣子，他好像心事重重，難道他還有事來求我？如果他一直再年輕下去，會變成什麼樣子？

我腦中陡然閃過了「顏如童子」、「童顏鶴髮」這一類的詞句，這一類的詞句，在古代傳說中，形容到有關神仙的容顏時，都會用得到。那麼，在他身上發生的變化，如果持續下去，他看起來，會變得像小孩子。他真的有了「童顏」的話，又是怎樣的一種情形？大人的身體，老年人的舉止言行，可是有一張小孩子的臉。

第八部

尋找第三冊秘籙

由於我不斷在胡思亂想，所以開門也開了半天，賈玉珍道：「怎麼啦，你的動作那麼不俐落。」

我只好道：「對不起，我老了。」

等我把門打開，我先讓他進去，不等他坐下，我就道：「快！快！這些日子來，又發生了一些什麼事，從頭到尾講給我聽，不，揀重要的說，唉，還是由頭講起的好，那兩片玉簡——」

賈玉珍望着我，翻着眼，神情倒和以前一樣，他道：「你不停地說話，叫我怎麼講。」

我忙道：「好，我不說，你請吧。」

賈玉珍嘆了一聲，我還是第一次從一個年輕人處聽到那種老氣橫秋、歷盡滄桑的嘆息聲，所以用一種十分怪異的眼光望着他。

賈玉珍避開了我的眼光：「別這樣看我！我已經無法在熟人面前露面，你知道嗎？我現在的身分，是賈玉珍老先生的孫兒。我還逼得花錢去買了一份南美小國的護照，在處理財務時，要寫委託書給我的孫兒，其實那就是我自己，你想想，那多麼麻煩。」

我一點也不同情他的抱怨。他的那些麻煩，算得了是什麼。

我大聲道：「這些全是小事！賈玉珍，你突破了人類生命衰老的規律，告訴我，你是不是已經可以長生不死？你……現在已經……是神仙了？」

我在這樣問他的時候，絕對沒有半點譏嘲的意思，我把他當作人類有史以來最偉大的一個人，神態恭敬，只怕世上任何人未曾使我這樣恭敬地對待過。想想看，他可以從一個七十歲的老人，變成一個二十歲的少年。

在他身上發生的事，把整個人類生命的規律推翻了。

可是賈玉珍又嘆了一聲，看起來並不偉大，反而充滿煩惱，望了我一下，想說什麼，可是又沒有說出口來。我耐着性子等他開口，等了好一會，他才道：「我現在，當然不是神仙。」

我「哦」地一聲，多少有點失望。賈玉珍若是成了仙，未必對我有什麼好處，但是想想看，我曾見過一個神仙，而且，他的成仙過程，在某種程度上，我曾經參與，這多麼刺激！我問：「是不是你未能悟透那兩片玉簡上的玄機？」

賈玉珍卻又搖了搖頭。

我再追問：「根本沒有玉真仙籙的下冊？」

賈玉珍再長嘆了一聲。我給他弄得又是疑惑，又是冒火，他老是唉聲嘆氣，一個七十歲的老人，返老還童到這種地步，他還有什麼不滿足的？對一般年老的富翁來說，只要能維持健康，不再衰老下去，只怕他們就願意付出任何代價。

我再提高聲音：「你來找我幹什麼？」

賈玉珍忽然笑了起來，笑得十分無可奈何：「我想來碰碰運氣，明知我的運氣不可能好到那種程度，但是還是忍不住想來碰碰運氣。」

我怔了一怔，一時之間，不知道他這樣講法，是什麼意思。

賈玉珍摸了摸頭：「我在你這裏，碰上了兩次好運氣，你記得？」

我「嗯」地一聲：「第一次，在我這裏得到了那扇屏風；第二次，得到了那兩片玉簡？」

賈玉珍道：「是的。」

我又好氣又好笑：「那你現在，又想得到什麼？」

賈玉珍欲語又止幾次，可是始終未曾講出什麼來，只是有點賊眉賊眼地四下看着。我道：「你悟透玄機，自然已得到玉真仙籙的下卷了？」

賈玉珍苦笑了一下：「中卷。」

我呆了一下，「哈哈」大笑了起來：「中卷，那你現在，還要繼續尋找下卷了？」

賈玉珍點着頭，無可奈何地道：「是，找不到下卷，我就成不了仙。」

我仍然笑着，這是一種很難解釋的情形，實在事情並不是那麼好笑，可是又無法令人不笑。賈玉珍先是得了那冊仙籙的上卷，以為有下卷，他就可以成仙，費盡心機，卻又冒出一個中卷來，還是要找下卷！

我笑了好一會，看到賈玉珍的神情懊喪，才止住了笑聲：「你在那仙籙的中卷之中，得了一些什麼好處？」

賈玉珍道：「進一步的靜坐和修煉之法，我開始減少食物，現在，我可以在呼吸之間，就度過十多天，不必進食，而且體力極好，容顏和少年人一樣。」

賈玉珍的話，令我心頭怦怦亂跳，這一切，全是各種各樣有關神仙的記載之中，修仙的必經過程，而賈玉珍一一在經歷着。

我問道：「這大半年來，你是在——」

賈玉珍道：「在青城山的一個人迹不到的小山坳。」

我又怔了一下：「青城山？中國四川省境內的青城山？」

賈玉珍道：「是。」

青城山在傳說之中，出了不少神仙，是道家四十九洞天之一，倒是一個「盛產神仙」的地方。可是賈玉珍是怎麼會跑到那裏去的呢？既然是「人迹不到」的一個小山坳，他又怎能找得到？

我一面想着，一面已經發出了一連串的問題。賈玉珍道：「地點，是記載在上卷最末一頁，還有詳細的地圖，並不難找，那兩片玉鑰——」

他講到這裏，我陡地截住了他的話頭：「你說什麼？什麼玉鑰？」

賈玉珍現出十分忸怩和尷尬的神色，但是立即又回復了常態：「就是那兩片玉器。」

我盯着他問：「你不是說那東西是玉簡麼？怎麼忽然又改了名稱？」

賈玉珍咂着舌：「名稱……並不重要，那兩片玉，是玉鑰。」

我道：「要來開啟什麼用的？」

賈玉珍又遲疑了片刻，我愈來愈感到冒火：「你早已知道那兩片玉有什麼用途，可是你卻一句也沒有對我說過。」

賈玉珍不敢看我：「這……害人之心不可有，防人之心不可無。」

我真是無法忍得住心頭的怒火，當日，他在東德，落入了特務組織的手中，幾乎沒將他活生生解剖來研究，他用計把我弄到東德去，令我也吃足了苦頭，可是他媽的「防人之心不可無」。

我一聲冷笑：「賈玉珍，像你這種卑鄙小人，有今天這樣的奇遇，可以說是你祖宗八百六十七代積下來的德，你該心滿意足！你還想成仙？問問你自己的心，你配不配？」

賈玉珍只是眨着眼，我指着他痛罵，他一點也不覺得什麼，真好本事。等我罵完，他才道：「只要我能得到仙籙的下卷，我就能成仙。」

我懶得再理他，可是我又捨不得趕他走，因為他有那樣的奇遇，其中的詳細經過，我還不知道，他要是走了，再找他可不容易。

我們兩人就這樣僵持了幾分鐘，還是他先開口，看來他說什麼「碰運氣」之類，也是鬼話，一定他早已打好了算盤，有事情來求我，所以才會任我痛罵了之後，又對我低聲下氣。

他先開口：「你不是要知道經過嗎？」

我悶哼了一聲，擺出一副你愛說不說的神氣。對付賈玉珍這樣的老奸巨猾，非這樣不可。

賈玉珍得不到我的反應，只好自顧自說下去：「我離開瑞士，到了青城山，入山第三天，就找到了那個小山坳，三面峭壁聳天，我也找到了山壁上的那扇石門，就用那兩枚玉鑰，打開了那道門——」

我用心聽着，賈玉珍的遭遇，愈來愈傳奇，不過，總有點不很對勁的感覺，我在他講到這裏時，問：「用玉鑰來打開那座石門，那也是你早就知道的事？」

賈玉珍神情尷尬地點了點頭，我冷笑一聲：「你也太笨了，要打開一道石門，在二千年之前或者唯一的辦法是用玉鑰，但現在，辦法多得很，你何必那麼辛苦，非得到那兩件玉不可？」

賈玉珍現出一副不屑的神色來：「你以為我沒有考慮過用炸藥？可是那是仙洞，你用炸藥去炸，第一未必炸得開，第二，你連這點誠意都沒有。就算炸開了洞門，仙籙還會在嗎？會留給你嗎？」

我答不上來，我從現代觀點來看這件事，賈玉珍在「仙遇」觀點上，說起來，自然格格不入。

我悶哼了一聲，沒有再說什麼，賈玉珍又道：「打開了石門——」

我又道：「等一等，怎麼打開的？那石門上，有着鎖孔？那兩片玉，是鑰匙？」

賈玉珍說道：「不是，沒有鎖孔。」

我盯着他，等他進一步的解釋。他道：「那石門……根本是一塊相當大的玉，玉質和兩枚玉鑰一樣，在門上，有兩個凹槽，大小形狀，和兩枚玉鑰，一模一樣，一將兩片玉貼上去，石門就自動打開。」

我聽得有點發呆。這種經過的情形，我相信是真的。不然，憑賈玉珍，只怕把他倒吊起來，他也編不出這樣的經過。

我所想到的是：這種開門的方式，十分現代，現代最新的磁性鎖，就用類似的方式。

我又竭力在記憶中搜尋那兩枚「玉鑰」的形狀，上面好像有點條紋刻着，這些條紋，是不是起着開啟石門的作用？

賈玉珍又道：「仙家妙法，不可思議，門一打開，我還想把那兩片玉鑰取下來，可是根本無法取得下，那兩片玉，嵌進了凹槽之中，連一點縫也沒有留下，儼然一體，再小心看，也看不出嵌進去的痕迹。」

我苦笑，我又只好相信那是事實，不是賈玉珍編出來騙我的。

賈玉珍繼續說他的「仙遇」：「山洞不大，有一個石製的架子，我一進去，就看到架上，有一隻小玉盒，和三片極薄的玉片，玉片之中有着字，那字，不是在玉片之上，而是在玉片之中，向着光一看，就可以看得到，我當然

大喜過望，先跪下來拜了九拜——」

我嘰咕了一句：「你應該長跪不起！」

賈玉珍沒有聽清我在說什麼，續道：「我又打開那小玉盒，裏面是六顆金丹——」

我吞下了一口口水，賈玉珍道：「丹藥是金色的，簡直像金子打成，玉盒內刻着金丹的名稱，是『太清金液神丹』，每八十一天，服食一顆，玉片中記載的是服食了金丹之後，打坐修行的方法，我依言而為，開始十天還覺得肚子餓，採些山中的野果子充飢——」

我嘆了一聲：「有沒有遇上會跑會跳的萬年芝仙、芝馬？」

賈玉珍搖頭：「沒有。」

我道：「可惜，要不然，只怕你已經成仙了。」

賈玉珍現出十分懊惱的神情來，指着自己：「我現在變成了這樣子，你還不相信麼？」

賈玉珍的話是無可辯駁的，因為他就是證明，我只好放棄和他辯駁。他又道：「我一直在那山洞之中，等到三個八十一天過去，我才離開——」

我作了一個手勢，道：「對不起，這一次，我要將每一個細節，弄得清清楚楚，你在那小山洞中，耽了兩百四十三天？」

賈玉珍道：「是。」

我又道：「那玉片的字迹——」

賈玉珍道：「在我依法修煉成功之後，它就自動消失，到最後那天，全部消失。」

我道：「那你憑什麼知道這只是中冊，又憑什麼去尋找下冊？」

賈玉珍嘆了一聲，半晌不語。我知道這老奸巨猾，說話不盡不實，他一定有未曾說出來的經過。他有求於我，我不趁機把他的話全逼出來，以後就沒有機會了。

過了一會，賈玉珍才緩緩地說道：「到了最後一天，我只覺得神清氣爽，又知道自己已可以餐風飲露——」

我忙道：「你用詞不當了，餐風飲露，多半是用來形容孤魂野鬼的。」

賈玉珍惱怒地道：「你少打岔好不好？」

我怕他真的生氣，就笑道：「別生氣，你應該學學你的前輩，成了仙的東方朔，就十分幽默。」

把「幽默」這樣的名詞，和東方朔連在一起，我自己想想，也覺得好笑，所以，忍不住又笑了起來。賈玉珍不理我：「那時，玉片之中，突然發出光芒，有字迹閃動，我一看之下，才知道這些日子來，我修煉的，只是中冊，那三顆『太清金液神丹』的功效極大，但也不能使我成仙，要成仙，還要求得玉真仙籙的下冊才行。」

我「哼」地一聲：「上哪兒去找？」

賈玉珍卻只是盯着我，神情很古怪，我忙搖手説道：「我可沒有什麼仙籙下冊，有，也留着自己用。」

賈玉珍嘆了一聲：「衛斯理，仙籙不能強求，不要因為我有仙籙，你就妒嫉。」

我不斷譏嘲他，甚至不顧他變得如此年輕的事實，可能是下意識對他有這樣的遭遇，十分欣羡，這時給他一說，不禁有點慚愧。

賈玉珍又道：「強求是求不來的，秦始皇為了求長生之藥，費了多少心機得不到，而與他同時代的人，卻往往於無意之中得道長生，升天成仙。」

我說道：「好了，我沒有想變神仙，只是不明白你來找我幹什麼。」

賈玉珍再次用那種古怪的神情望着我，我嘆了一聲：「你別這樣看我，我真的不知道仙籙的下卷在什麼地方，一絲一毫的印象也沒有，甚至，我根本不知道有下卷的仙籙這回事。」

我一再聲明，是因為他望着我的那種神情，分明是又要我替他去找仙籙，所以我拒絕在先，免得他再開口。

賈玉珍苦笑了一下：「現在我的情形：不上不下，尷尬透頂了。我已經無法再過普通人的生活。原來我的生活很好，可是我生活圈子裏的所有人，沒有一個再會接受我。我不能向他們說我因為有了仙遇，所以變年輕了。」

我翻着眼：「為什麼不能？」

賈玉珍苦笑：「誰不想變年輕？我一講出來，人人追問我變年輕的方法，

我怎麼應付？」

我悶哼一聲：「那你就教他們練氣功好了。」

賈玉珍一副無可奈何的神情：「沒有仙丹，光是練氣，有什麼用？當他們發現他們不能像我一樣，我會被他們撕碎。我也不能老在山洞打坐，長年累月地坐在山洞中，這日子怎麼過。」

我望着他，由於他的神情真是那麼愁苦，我倒很同情他：「是啊，你不必吃東西，只怕人家會將你當作怪物來研究。」

賈玉珍一副欲哭無淚的神情：「所以，我只有一條路可以走：找到下卷，修煉成仙，這種不上不下的日子，不是人過的。」

我怔呆着，好一會說不出話來。照說，像賈玉珍，有了這樣的際遇，應該高興莫名。可是他卻真的感到十分痛苦，他一定要嚴守秘密，不能讓人家知道，他要完全脫離原來的生活圈子，而他又不能做到在深山之中過一生——他的一生，可能是好幾百年，真令人想起來都會害怕。他說得有道理，他唯一的路，是繼續向前走。繼續向前走的目的，看來是擺脫目前的處境，大於修煉成仙的欲望。

可是繼續向前走，如何走呢？

他完全無法得到指點。那冊下卷的仙籙，根本不知道在什麼地方。

我想了片刻：「我看，你試圖讓自己回復到五六十歲的樣子，又健康，又長壽，人家也不會把你當怪物，這不是十分幸福快樂麼？」

賈玉珍長嘆了一聲：「要是能由我作主，那倒好了。我離開青城山之後，一照鏡子，自己都嚇了一大跳。」

賈玉珍又長嘆一聲：「真是糟糕透頂了。唉，早知道，還是不要找那中卷仙籙的好，千方百計找了來，弄得現在不上不下。」

我道：「你現在想找下卷，或許，有了之後，修煉之下，情形更糟糕。」

賈玉珍道：「那怎麼會，修煉成仙，就不同了。」

我也無話可說，只好道：「那麼祝你成功。」

賈玉珍又一次用那種古怪的眼光向我望來，我道：「你要說什麼，只管說吧，別望得我心中發毛。」

賈玉珍道：「下卷仙籙，一定也着落在你的身上。」

我怒道：「你放什麼屁，我告訴過你了，我什麼也不知道。」

賈玉珍急急道：「玉片之中，最後顯露出來的，是四句偈語。」

我雙手亂搖：「千萬別告訴我偈語之中有我的名字，我不會相信。」

賈玉珍苦笑着：「你的名字倒沒有，不過，説的十足是你。偈語説：『初遇得上，再遇得中，三遇得下，仙業有望』。我參出了它的意思，是與你打三次交道，三卷仙籙，都因你而得，下卷仙籙，自然也在你身上得到。」

我真是又好氣又好笑，攤開了雙手：「你就算將我拆成絲，我也交不出給你。」

賈玉珍説道：「不是説在你這裏，是説我一定要通過你，才能得到。」

我實在不想解釋，可是看他的情形，説不定無日無夜泡上我。他現在精神又好，甚至不必進食，真是要纏上了我，我可不是他的對手。

所以，我只好不嫌其煩，道：「唉，在我身上，怎麼能得到仙籙的下冊呢？不像上次，還有一點因頭，有兩片玉鑰，現在，天下之大，連個着手之處也沒有！」

賈玉珍悶哼着：「不上不下的日子，我沒有法子過下去。」

我只好直截了當地拒絕：「我也沒有法子幫你。」

賈玉珍卻固執地道：「你可以的。」

我只好道：「好，我能怎麼幫你，你說。」

賈玉珍舐了舐唇，道：「你……到那個藏有中卷仙籙的山洞中去一次，或許，會有什麼發現，可以使仙籙下卷出現。」

我一聽得他這樣說，要十分努力，才能忍住了不破口大罵，可是卻忍不住轉過了身去，看也不去看他。真是太豈有此理了，為了毫無希望的一件事，他要我到那種鬼地方去。賈玉珍卻還在說道：「求求你，去一次，耽擱不了你多少時間。」

我大聲道：「我不像你，你有無窮無盡的時間，花上兩百四五十天去打坐，一點關係也沒有，我生命有限，決計不想浪費。」

賈玉珍瞪着我，半晌，才嘆了一聲：「你好像也練過氣功？可是方法不很

對，我可以指點你一下……」

我不等他講完，就道：「謝謝，免了，老實講，我對於我的現狀很滿足，也不想擺脱生老病死的規律。像你那樣，自己當自己的孫子，滋味的確不是很好，而且，你可能還會年輕下去，到了你看起來只有五六歲的時候，那時真是童顏了，可是怎麼生活，除了在深山靜修之外，一出來，就被人當怪物。」

賈玉珍給我説得哭喪着臉：「所以，我才非得到那冊下卷不可。」

我一個動地搖頭：「幫不到你，沒有辦法！」

賈玉珍雙手互扭着，來回打着轉，在不到三分鐘的時間之內，他許了我不知多少諾言，包括了把世界各地的玉珍齋，全都送給我。我愈聽愈煩，忽然起了一個十分頑皮的念頭：「如果你一定要我到青城山的那個山洞中去，我有一個條件。」

賈玉珍大喜過望：「説，什麼條件，我都可以答應。」

我道：「在你身上發生的變化，十分值得研究，我想用現代的方法弄明白這種變化。」

賈玉珍摸着頭，一時之間，還不明白我這樣說，是什麼意思。

我繼續道：「我的意思是，你要跟我到一家設備十分完善的醫院去，讓對人體有研究的專家，對你作一次極其徹底的檢查。」

我的話才一出口，賈玉珍的臉色變得極難看，他還未曾來得及回答，突然，白素的聲音傳了過來：「這種要求，太過分了。」

我陡然轉頭，由於剛才賈玉珍一直在煩我，我背對着門，所以白素是什麼時候進來的，我也不知道。白素的心腸好，她知道那種徹底的檢查，一定會把賈玉珍當作科學怪人一樣地來作種種檢查和測試，所以才說我太過分了。

我轉身向白素望去，賈玉珍也轉過了身去，和白素打了一個照面，白素看清楚賈玉珍如今的樣貌，現出了驚訝之極的神情。這是一定的：以前見過他的，現在再見到，如果不感到驚訝，那簡直是不可能的事。

我趁機道：「你看看他是不是有必要進行一次徹底的檢查，找出他生理上發生了如此巨大變化的真正原因？」

白素沒有回答我的話，只是盯着賈玉珍：「天！賈先生，你看起來……像

是二十歲。」

我道：「這是他得了仙籙中卷的結果，還服了什麼『太清金液神丹』。」

白素慢慢向前走着，一直來到了賈玉珍的面前，才又道：「恭喜你，賈先生，你……真的……成了一個奇蹟。」

賈玉珍苦笑了一下，我又道：「俗語說：快活似神仙。這種說法，看起來不是很靠得住，因為賈先生看來並不快樂。」

賈玉珍喃喃地道：「那是因為我還不是神仙。」

我哼地一聲：「你怎麼知道做了神仙之後，一定快樂？現在，在你的身上，發生了奇蹟的變化，如果能把這種變化的原因找出來，造福人群，不必人人都像你，只要能夠抵抗疾病，防止衰老，你是人類史上最偉大的一個人。」

賈玉珍只是眨着眼，摸着頭。

我繼續着：「檢查，不會花你多少時間，也不會把你剖開兩半，大不了是抽點血，照照X光，你可以相信我的保證。」

賈玉珍有點意動，他猶豫地望向白素：「剛才你說太過分了，那……是什麼意思？」

白素沉聲道：「剛才我不知道在你身上發生的變化，如此之甚……賈先生，我想去接受一下檢查，對你可能有點不方便，但如果真能找出原因，那的確是人類史上一件最偉大的事。」

連白素也贊成了，我真是十分高興。當我起這個念頭之初，不過是一個頑皮的想法，故意令賈玉珍為難，現在，看來有實現的希望。

如果真能由此查出原因來——這實在是想想就令人感到興奮的事！

賈玉珍又團團轉着，白素來到了我的身邊，用疑惑的眼光望着我，我低聲道：「他相信可以通過我，得到一本仙籙的下冊，要我到青城山去。」

白素神情更疑惑，我示意她暫時不要問，先看賈玉珍的決定。

賈玉珍站定了身子：「如果那些專家，知道了我實際上是一個七十多歲的老人，一定會把我切碎了來研究。」

賈玉珍的這種憂慮，倒也有他的道理，我還沒有想出該如何應付，白素已經道：「賈先生，我們保證不泄露這一點。」

賈玉珍深深地吸了一口氣，他那口氣吸得悠遠綿長，足有一分鐘之久，才道：「好，我在接受了檢查之後，不論結果如何，衛斯理，你都要和我一起到青城山去。」

我道：「一言為定。但是到了青城山，能不能找到那份仙籙，我不保證。」

賈玉珍倒很講道理：「當然，那要看我自己的仙遇如何，不關你的事。」

他說着，伸出手來，和我緊緊地握着，算是雙方都準備遵守諾言。

我請賈玉珍留在家裏，和白素分別以電話，聯絡幾個我們相熟的醫生、專家，告訴他們，要請他們對一個人作生理結構上徹底的檢查。

由於那幾位了不起的科學家，以往都和我有過交往，知道如果我這樣鄭重地提出這樣的要求，一定有十分重大的原因。所以，他們一口答應，而且一致推薦美國威斯康辛州一家大學的醫學院附屬醫院作為檢查的地方。

和他們約好之後，又等了四天，因為我邀請的專家之中，有兩個是在那家醫院工作，一個是院長，一個是醫學院的教授。但其餘幾個人，要從世界各地趕去，需要時間。

在這四天之中，我留賈玉珍在家裏住，而且仔細觀察着他。賈玉珍也明白他的一切，我全都知道，所以對我並不避忌。

他的大部分時間，都在打坐，晚上更是整晚打坐，一坐下去，呼吸緩慢，整個人如同泥塑木雕。而且，四天來，他除了偶然喝喝水之外，未曾進食任何食品。

人變得年輕了，這還可以解釋、假設，但是不進食，人體所需的營養，自何而來？難道真的可以在空氣之中，攝取人體所需要的一切元素、物質？空氣中當然有這些物質存在，但是通過什麼方法來攝取呢？

我和白素商討着，一點結論也沒有，甚至無法提出像樣的假設。

四天之後，我和賈玉珍一起啟程，到了美國，賈玉珍顯得十分不安。他不住喃喃自語：「他們會不會把我割開來檢查？要是這樣，我恐怕也活不了。」

我有點惱怒：「當然不會，你死了，我有什麼好處？」

賈玉珍不住眨着眼，摸着頭：「我感到我只要一進入那家醫院，我就像是一頭……白老鼠，要隨那些洋醫生……擺佈了。」

我嘆了一聲，我自然知道，賈玉珍將要接受的徹底檢查，會令得他的肉體，受到相當程度的痛苦，決不止抽點血來驗驗那麼簡單。可是這時看來，他精神上的困擾，似乎更甚。

我只好再一次向他保證：「你放心，沒有人知道你的秘密。」

賈玉珍苦着臉：「我的秘密能保持多久？就算完全沒有人說什麼，難道我一直不吃東西，也不會引起人家的懷疑？」

我皺了皺眉，這倒的確是一個大問題，我提議：「你不能假裝吃點東西？」

賈玉珍大搖其頭：「不行，一來，我根本不想吃，吃了也要吐出來。二來，再讓人間煙火進入我的肚子，濁氣生長，會影響我的修行，我已經練到可以辟穀了，何必再退回去？」

我深深地吸了一口氣。我早已感到，「辟穀」——不需要進食，最不可思議。任何生物，包括植物在內，都需要通過攝取營養來維持生命。我絕不以為賈玉珍如今可以不需要營養，我只是假定他用另一種方式，不是傳統的進食方式，來得到營養。我甚至滑稽地想到，他體內的整個消化系統，是不是還有存在的價值？看來，就算將他的整個消化系統所屬的器官，自他的身體內切除，也不會影響他生命。

我愈想愈遠，想到人攝取營養，用注射的方法也可以，不過賈玉珍如今所使用的，是比注射、進食先進了不知多少倍的方法。

我又想到，消化系統器官，佔據了人體相當大的體積，從食道開始，胃、大量的腸，是人體最累贅部分。人的身體如果不需要笨重的消化系統器官，一定可以輕盈很多，行動會更靈便，生活也會更愉快。或許，可以利用省下來的體力，使腦部的活動更精密，從而使人類的文明發展更快速。

當然，人的外形，也會起徹底的變化，身子會變得小，樣子怪異，但如果人人都是這樣子的話，自然也會習以為常。

將來人類的進化，是不是會朝這一方面發展呢？

第九部

完全不同的生理結構

我一直在胡思亂想，賈玉珍一直在唉聲嘆氣，我給他弄得心裏很煩：「沒見過像你這樣的……神仙。」

賈玉珍反問：「你以前見過神仙？」

我道：「沒見過，可是也看過記載，東方朔偷吃王母的三千年一熟的蟠桃，何等自在；呂洞賓三戲白牡丹，多麼風流，哪有像你這樣愁眉苦臉，唉聲嘆氣的？」

賈玉珍高興了起來：「你看，現在你也不否認世上真有神仙。」

我張大了口，說不出話來。是的，神仙的故事一直流傳，有的記載，甚至活龍活現！

賈玉珍又嘆了一聲：「可惜我還不是神仙，要我真是神仙，我也一樣逍遙快樂。」

發生在他身上的變化，對任何人來說，都夢寐以求，他看起來完全是一個青年人，而且，還不知可以活多久。

然而他卻一點也不滿足，人的欲求，不論是物質或精神方面，看來真是無可滿足。

我想勸他，可是想想，我只不過是一個普通人，他已經是半個神仙了，還有什麼可以勸他的？只好由得他去唉聲嘆氣。

轉了兩次機，到了預定的目的地，我約好院長和教授在機場接我，見了面以後，他們的注意力，集中在賈玉珍身上。賈玉珍更侷促不安。

院長本來是一個十分嚴肅的人，但或許是由於我的要求十分奇特，他甚至因為忍不住好奇心，而偷偷用肘碰我，向我使眼色，向賈玉珍呶嘴。我問：「其餘的人都已經到了？」

他道：「所有的人都來了。」

我吸了一口氣：「那就好，詳細的情形，我會對所有人說。」賈玉珍聽得我那樣講，神情更是緊張，拉着我的衣袖不肯放，我又安慰了他幾句，然後我有點卑鄙的警告他：「你不要想玩什麼花樣，不然，我不跟你到青城山去。」

一干人等上了車，直駛醫院，我約來的幾個專家全迎了上來，每一個人的目光，都不斷在賈玉珍的身上打轉，看得賈玉珍大是不安。

將賈玉珍安排在一間十分舒服的病房，然後一再向他保證，對他的全面檢查，不會超過三天，請他務必合作。

然後，我們到了院長的辦公室，院長一將辦公室的門關上，就嚷叫了起來：「衛，你究竟在鬧什麼鬼，這個小伙子有什麼特別？」

我向每一個人望去，他們每人的心中，顯然都存在着同樣的疑問。

我想了一想：「各位，我只是要求各位對他的身體作詳細的檢查，然後，要你們的結論。」

一個內分泌專家大聲抗議：「這種工作，任何一間普通的醫院，都可以完成，為什麼一定要我們來？」

我神情十分沉重：「當然有原因，現在我不告訴你們，你們幫了我這個忙，我總有一天，會告訴一件完全在你們知識範圍以外的事實。」

所有的人，都現出懷疑的神色。也難怪他們會有這樣的自信，因為在這裏的七個人，他們對人體的知識，可以說已經等於人類對人體的全部知識了。

但是，發生在賈玉珍身上的變化，卻不折不扣在人類對於人體知識之外。

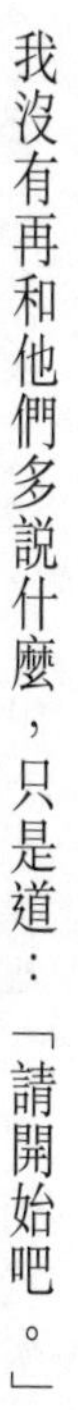

我沒有再和他們多說什麼，只是道：「請開始吧。」

在接下來的三天之中，七位專家，對賈玉珍進行了各種各樣的檢查，我實際上也參加工作。開始的時候，賈玉珍還十分擔心，但是第二天，他就習慣了，因為他並沒有被「切開來」。

晚上，我聽專家的報告，到病房去陪賈玉珍，聽他再詳細地講他根據仙籙的上冊和中冊，進行修煉的經過。

我也曾學過中國武術中的內功，有時，和他一起「練氣」，他教了我一些法門。可是我全然無法做得到，那超越我的體能之外，可是他卻做來十分輕易。

我估計，那是他兩次服食了「仙丹」，使他身體的潛能得到了極度發揮的結果。

「仙丹」的成分是什麼？何以會有這樣的功效，這是解不開的謎。在所有有關「神仙」的傳說之中，「丹藥」都佔有重要的地位，「丹藥」在人變神仙的過程中，起重大的作用。

我已經打定了主意，如果真有萬一的希望，找到「玉真仙籙」下卷的話，我一定要先看一看，如果有什麼「仙丹」，我也一定要保留一點來研究！賈玉珍幾乎終夜打坐，而且一連三天，沒有吃過任何東西，只不過喝少量的水。

到了第四天晚上，我們又齊集在院長的辦公室中。專家的神情和上次全體聚集時大不相同，人人看來，都驚訝莫名。我替他們每人倒了一杯酒，然後道：「好了，各位，我在等你們的結論。」

專家們互望了一眼，然後，又望向院長，院長一口喝乾了酒：「這幾天來，我們對賈先生作了徹底的檢查，這，是我們所得的結果。」

他一面說，一面打開一隻巨大的文件夾，夾中有數百頁文件。

可是他卻立時又將文件夾合上：「結果無法公布，一公布，世上稍有醫學常識的人都會訕笑我們，怎麼可能對一個人的詳細檢查，會得出這樣荒謬的結果。」

我深深吸了一口氣：「我只要知道你們的結果，如果情形正常，我何必請你們來？」

院長和各專家又互望了一眼，才說道：「我們必須有一個協議。」

我連連點頭：「我會遵守任何協議。」

院長道：「首先，我們在這裏做的事，說的話，在任何場合，絕口不提。」

我道：「好，我遵守。」

院長伸手，拍着文件夾：「一切不會公布。」

我皺着眉：「不準備告訴我結果？」

院長忙道：「你有權知道結果，但只是告訴你一個梗概。」

我道：「為什麼？」

院長道：「詳細的情形相當複雜，而且我們已經決定把這件事當成未曾發生過，所以不想再詳細提。」

他這樣說，我倒很可以諒解，我「嗯」了一聲：「結果太驚人？」

院長呆了半晌：「可以這樣說：太不可以理解了。」

我揮着手：「請把大致的結果告訴我。」

院長又向各人望了一眼，他被推舉出來做發言人，各人都點着頭，院長又停了一會，像是十分難以啟齒，我也沒有去催他，因為我知道，這些專家詳細檢查了賈玉珍，他們一定發現自己對人體一無所知。這對他們的自尊、職業、學術上的權威，是一項致命的打擊。他們一致決定要把這件事忘掉，當然也是基於這個原因。

又過了好一會，院長才道：「你帶來的這個人，他的整個身體的情況——我是說，他身體機能的所有活動情況，絕不應該在任何活着的人身上出現。」

我不禁大是駭然，失聲道：「這是什麼意思？你說他是一個死人？」

院長皺着眉，接連咳嗽了好幾下：「當然不是，他不是死人，可是他……他……是……天，該怎麼形容才好呢？」

一個專家插了一句口：「也許，動物的冬眠狀態，勉強可以解釋。」

院長又咳嗽了兩下，才道：「是的，冬眠狀態勉強可以解釋。動物冬眠，一切活動放慢，新陳代謝放緩，所以可以不必進食，這個人的情形就有點相似，但是他的『放慢』程度，比一隻冬眠的烏龜更甚！我們觀察他身體各部分的細胞活動，發現那種緩慢的程度，超過一千倍。」

我真是沒有想到，這次檢查，會有這樣的結果，一時之間，我也不禁瞠目結舌，講不出話來！

院長又道：「他體內的一切細胞，全以這樣緩慢的方式在活動，細胞衰老的時間，自然也相應延長。」

我「哦」地一聲：「你的意思是說，他的壽命，可以是普通人的一千倍？」

院長點頭：「理論上來說是這樣，但是……實際上那說不通，照這樣的緩慢速度來進行新陳代謝，他活動所需的體能，也只有一千分之一，也就是說，他簡直不能有任何動作，只能像木頭一樣睡着不動。可是他卻又精力充沛。」

我忙道：「是不是有什麼藥物，可以達到這樣的效果？」

所有專家，都大搖其頭。

院長又道：「更奇怪的是他的消化系統——他似乎不須要進食，他的胃液中全然沒有了胃酸，腸胃的蠕動也幾乎停頓，他不會覺得飢餓，可是他所需要的營養，卻又絲毫未見缺乏。」

一個專家喃喃地道：「我檢查他的消化系統，我甚至幻覺到他根本是一個機械人，而裝上一副不起作用的消化器官。」

我再次深深吸氣，因為驚愕而有窒息之感。另一位專家道：「他的循環系統，也十分怪異，血液循環的速度並沒有減慢，可是紅血球中帶的氧，數量之少，簡直不能使人生存。」

又一個專家道：「他的呼吸系統更怪，肺活量普通，可是在一次吸氣之後，幾乎……可以維持普通人的百倍以上的需要，真不知道他怎麼支持。」

我聽着這些專家的，思緒亂成一片。他們對賈玉珍檢查的結果，說明了一個事實：賈玉珍的生理狀況，和普通人完全不同！

我等他們的話告了一個段落之後，問：「各位對於他為什麼這樣，可有什麼概念？」

專家們互望着，呆了半晌，院長才道：「衛，不要故弄玄虛了。」

我怔了一怔，一時之間，不明白院長這樣說是什麼意思。院長已經壓低了聲音：「他來自哪一個星球？不能告訴我們？」

我「啊」地一聲，這才明白他的意思，院長以為賈玉珍是外星人！看來，他們全這樣想，我還未曾有任何反應，院長又道：「看來，他們的生理活動狀況，比我們進步得多，他們的生命長，能力強，幾乎可以在任何惡劣的環境之下生存，如果他們和地球人為敵，我想地球人沒有任何對抗的機會。他們——」

我打斷了他的話頭：「你錯了，他不是什麼異星人，是百分之百的地球人！」

院長沉默了片刻，才道：「你堅持這樣說，我也沒有辦法，但是我們的結論，你已經聽過了。」

我點着頭，他又道：「那麼，我們這次的聚會，可以解散了？」

其餘人都點頭表示同意，我也只好點頭，院長打開文件夾，把其中的文件，全部取了出來，放進一隻大鐵盆之中，然後點着了火。

我注視着鐵盆中被燒成灰的那些文件。他們的檢查，有了結果，可是他們全然不知道是什麼原因。所以他們決定忘記這件事，這是十分可悲的一種情形，可是除了這樣，有什麼法子？

我告訴他們，可能是由於某種藥物的影響，所以才使賈玉珍變成現在這樣，可是每個人都現出了怪異莫名的神情，根本不相信。我們又討論了抗衰老素的問題，院長下了結論：「和抗衰老素無關！這個人的外形，看來和我們一樣，但是他用一種完全不同的方式在活着。完全不同！我不知道生物可以用這樣方式生活，連植物也不行。」

他在這樣講了之後，停了一停，又補充道：「或許有少數植物可以。在蘇格蘭高原上，有一種苔鮮植物，叫『空氣苔』，不須要從泥土攝取營養，而直接從空氣中攝取所需，但那只是低等植物，人是高度進化的動物，人生活的方式，是億萬年生物進化的結果。」

我苦笑了一下：「進化的結果，不一定是進步的方式，我看低等苔鮮直接從空氣中取得營養，就比人要吃下大量食物的方式進步得多。」

這幾句話，令得專家們對我怒目相向，他們顯然絕不同意我的說法。

我沒有再和他們爭下去，只是誠摯地向他們道謝，保證他們日後如果有事要我做，我決不推辭，作為報答。然後，我和賈玉珍，離開了醫院。

和來的時候不同，賈玉珍興奮之極，因為他已經實行了他的諾言，現在輪到我了。

一直到了飛機之上，我實在忍不住了：「你對於自己身體情形怎麼樣，難道一點興趣也沒有？為什麼你連問都不問一下檢查的結果？」

賈玉珍笑着，一副瀟灑得毫不在乎的樣子：「問來幹什麼？我知道和一般人完全不同，我有仙緣，我可以變成神仙。」

我悶哼了一聲，無法搭腔，只好愣愣地瞪着他，他又道：「其實，身體狀況怎麼樣，一點也不重要，身體只不過是一個皮囊，遲早要捨棄的。」

我吃了一驚：「沒有了身體，你……你……」

我本來想說「沒有了身體，你怎麼活下去」，賈玉珍用一種十分古怪的神情望着我。他那種神情，使我感到如果繼續說下去，我會是一個笨蛋。所以我停住了不說。

賈玉珍又笑了一下，然後想了片刻：「衛斯理，你我認識，也算是有緣。」

我苦笑了一下：「是啊，等你變了神仙，或許那就是仙緣了。」

賈玉珍對我的話，並不感到有趣，只是自顧自道：「我可以告訴你，在中冊仙籙的最後部分，已經有修煉元嬰的初步方法。」

我陡地怔呆，失聲道：「什麼元嬰？」

賈玉珍奇訝地道：「你連什麼是元嬰都不知道？」

我思緒亂極了，揮着手，一時之間，說不出話，想笑，也笑不出來。

元嬰，我自然知道什麼是元嬰。真好，先是練吐納，練氣，然後是辟穀，現在又是修煉「元嬰」，一切全像真的！

本來，在觀念上虛幻之極的一切，忽然一下子全變成真實，所引起的思緒上的混亂，實在是可想而知。我張大了口，喃喃地道：「元嬰……就是元神？」

賈玉珍點了點頭：「只要我得到下卷仙籙，我就可以煉得成，到時，現在的這副皮囊還有什麼用處？所以我一點也不在意。」

我張口結舌：「那麼，到那時，你……將以什麼方式活着？像是一陣輕風？只用精神存在，還是……」

賈玉珍一本正經地搖頭：「沒有到那地步之前，我也不知道，形體或許還有，不過那是新的形體，舊的沒有用了。」

我實在需要靜一靜，所以我沒有再問下去，而且閉上了眼睛。

我在不斷地想，先想到的是元嬰。根據道家的說法是：經過一定過程的修煉，人體內會產生一種十分怪異的東西：元嬰。從記載上來了解，元嬰或元神，是和這個人的外形一樣的，但卻是具體而微的一個小人，可以隨時離體而出。

這個「小人」平時不知盤踞在人體內的什麼地方，人體的結構十分精密，實在沒有多餘的空隙，可以容納一個小人「居住」。

而且，這個「小人」究竟有多大呢？記載上相當混亂，並不統一，有的說「尺許」，有的說「數寸」，不一而足。

元嬰代表了人的靈魂，靈魂無形無迹，元神有形有體，但是它雖然有形有體，一樣神通廣大，不受時間、空間的限制，可以自由自在，離開原來的人體。

元神離開人體的出入口是「頂竅」，在人頭部的正中處。那裏的頭骨十分堅硬，通過什麼方法，可以供一個「小人」自由出入，也沒有人說得上來。不會是頭骨出現了一個洞，而是元神透過頭骨出來。也就是說，是突破了空間限制的一種現象。

等到元神煉成了之後，原來的身體，沒有什麼用處了，生命的重點，已經由原來的身體，轉移到元神，元神甚至還可以通過某種方法，進入不屬於自己的身體。

那麼多有關元神的記載，都十分熟悉和普通，可是一旦要把那些事，當作真實的存在，卻又難以接受。

我想了一會，又睜開眼來：「你剛才提到了元嬰，這……真……不可思議。」

賈玉珍揚了揚眉：「沒有什麼不可思議，我們原來的身體，再修煉，也不能適應神仙的要求，所以必須使得身體結構來一個徹底的改變，變得具有神仙的能力，這就須要修煉元嬰，脫胎換骨。」

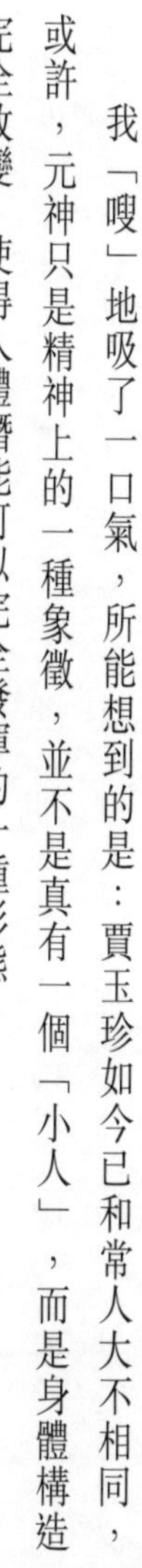

我「嗖」地吸了一口氣，所能想到的是：賈玉珍如今已和常人大不相同，或許，元神只是精神上的一種象徵，並不是真有一個「小人」，而是身體構造完全改變，使得人體潛能可以完全發揮的一種形態？

這一點，連賈玉珍自己也說不上是怎麼一回事，我自然也無法妄測。賈玉珍卻相當高興：「希望順利得到下卷，那就好了。」

我無話可說，只好長嘆一聲。老實說，這時我寧願他是一個外星人，就不會有那麼多連設想都無法設想的怪現象。

到了家，白素來接我們，賈玉珍怕和其他人接觸，所以跟了我回來，把他安排在客房，我答應他休息一天，就跟他到青城山去。

當晚，我向白素說了專家檢查的結果。白素的說法相當直接，她道：「別理為什麼，也別理有沒有可能，事實已經發生，超乎我們知識範圍之外——雖然一切程序、經過，早有文字記載，人人熟知那些文字記載，但是根本沒有人把它當作事實來接受。」

我只好苦笑：「人真能通過一種方法，修煉成仙？」

白素道：「人可以通過一種方法，使得生理結構發生徹底的改變，用另一種截然不同的生活方式來生活。」

我唉聲嘆氣：「看來我無法和你爭辯，因為賈玉珍這個例子放在那裏。」

白素也嘆了一聲：「人類對於生命，所知太少了，現代人的毛病，是滿足於目前的科學狀況，古代有關神仙的記載那麼多，甚至有一整套的，極有系統的理論，可是就從來沒有人好好去研究。」

我高舉着手：「從我開始，我會好好研究。」

白素瞪了我一眼：「其實直到現在，你還是不相信，有什麼好研究的？」

我苦笑了一下：「你想想看，他説，他開始在修煉元嬰。你叫我怎麼相信忽然有一個小人，從他的腦門中走出來？你相信嗎？」

白素猶豫了一下：「這的確十分難以想像，但是我看，這多半也是名詞上的不習慣。」

我盯着白素，不知道她在這種怪異的事情上，可以用什麼「習慣的」名詞來替代。白素想了一會，才道：「道家對元嬰的説法十分玄妙，但是從意思上

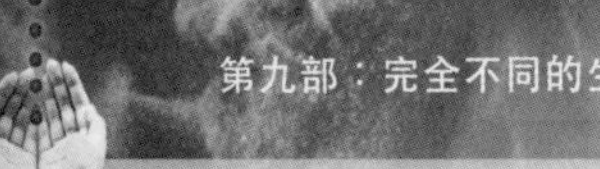

來看，可以理解，那是一種不要舊的軀體，換上一個新的軀體的過程。」

我攤了攤手：「請問，新的軀體從何產生？」

白素道：「新的軀體，就是舊的軀體。」

這真是玄之又玄了，我哈哈大笑起來：「求求你別解釋了，請恕我領悟能力太低，不能明白這種仙人的話。什麼叫作新的軀體，就是舊的軀體？」

白素緩緩地道：「舊的軀體不斷蛻變，到最後，就是新軀體。賈玉珍的軀體已經變得和以前全然不同，還會再變下去。」我用心聽着。

白素道：「等到他身體組織的蛻變全部完成，也就是所謂煉成了元嬰。我想，一個小人從腦門中出來這種情形，是記載上的一種誇大，實際上，新的軀體產生是一種現象，新的軀體，可以發揮不可思議的潛能。」

我用雙手撐着頭，半晌不作聲。

白素柔聲道：「所以，你陪賈玉珍去，有可能發現是參加了一件人類歷史上最神秘也最偉大的事。」

我不禁笑了起來：「你真好，怕我不願意長途跋涉，又不得不去，所以變着方兒，想令我高興。」

白素搖着頭：「這是我真正的想法。」

我嘆了一聲：「我也知道發生在賈玉珍身上的變化，對於整個人類極其重要。可是，你總不能設想『仙丹』可以大量製造，像是維他命丸！」

白素道：「我當然不會那樣想，但是只要確定了一個原則，意義已夠重大。這個原則是：人體的結構、組織可以通過某種方法改變，改變之後，人體的活動能力，將大大增加。有些科學研究，人無法做到，例如遠距離的太空探索，人的壽命就太短，如果壽命可以延長一千倍——」

我聽她講到這裏，不禁打了一個寒慄，忙道：「別說了，我不能想像在無邊無際的太空中，作一萬年那麼長的航行，那太可怕。」

白素笑了一下，但是她的笑容，也突然之間凝住了。過了片刻，她才道：「普通人想來，一個人……若是可以活上一萬年，也是無法想像的痛苦。」

我深深吸了一口氣，語意有點遲疑：「不會吧，長生不死，一直是人在追求的目標。」

白素低嘆了一聲：「人類有各種各樣追求的目標：不斷追求，全是因為那些目標沒有達到，真的達到了，未必有什麼快樂。」

我大是感嘆：「是啊，到了人人長生不老的時候，只怕要爭取死的權利。」

白素緩緩地嘆了一口氣，沒有再說什麼。

前赴青城山的途中，沒有什麼可以記述，青城山聳立了上億年，一直是那樣子，交通不便和落後，維持着古老的幽靜和神秘。賈玉珍和我，充着普通的遊覽者，先循着遊覽者登山的道路進山，但不久就脫離了山路，在高峰之中亂鑽。

我用了「亂鑽」這樣的字眼，十分真實：完全沒有道路，在山中露宿，一直向西北方向走，愈走愈是深入，第二天還見到了一些人，到了第三天，一個人也沒有見到。

第三天晚上，我們在一個小山坳中露宿，我問賈玉珍：「還要走多久？」

賈玉珍的回答很簡單：「快了。」

他這一聲「快了」，實際上是足足四天。到最後一天，我們翻過了一個山頭，有一道順着山勢而下的山澗，澗水清洌無比，十分湍急，足有三個多小時，我們就一直沿着這澗水向山下走，踏足之處，全是嶙峋怪石。大群猴子用十分怪異的目光望着我們，像是奇怪這兩個同類的動作何以這樣遲緩。

我的體力和賈玉珍比起來，像是八十歲的老人，連續幾小時山路，走得我筋疲力盡，賈玉珍卻若無其事。

好不容易下了山，澗水的去勢緩和。山中風景幽美，至於極點，但是我卻沒有法子欣賞，只是用眼色望向賈玉珍，連問他還要走多久，都講不出來。

賈玉珍指着前面：「就在前面了。」

我盡力調勻呼吸，慢慢來到溪水最緩處，那裏水平如鏡，可以清楚地看到自己的倒影，我不禁嘆了一口氣：樣子狼狽之極，披頭散髮，衣衫襤褸，身上還沾滿了青苔，頭髮上全是枯黃的松針，筋疲力盡。

我沒好氣地應了一聲：「就在前面？天邊也就在前面，究竟還有多遠？」

賈玉珍忙道：「真的就在前面，最多再走多二十分鐘，就可以到。」

賈玉珍討好我，推開了一塊大石，在石頭下面，掘出了一些像馬鈴薯一樣的植物根，在溪水裏洗乾淨了叫我吃。我嚼了一下，這種不知名的草根，居然十分香甜可口，我猜那是黃精一類的植物。

休息了一會，沿溪向前走，山溪蜿蜒流進了一個小山坳。實在很難形容這個小山坳的幽靜和美麗，感覺不是在距離上和世界隔絕，而是在時間上隔絕了。

處身在這樣的一個小山坳中，時間全然沒有意義，一萬年之前，這裏是這個樣子，一萬年之後，這裏只怕還是這個樣子。

賈玉珍指着左首，那裏是一片懸崖，極高，懸崖上的石塊，又大又平整，賈玉珍已急步向前奔去，我跟在他的後面。

到了懸崖之前，他撥開了一些藤蔓：「看！」

我看到了一道石門——或者說，我才一看到，不以為那是一道門，那只是一塊顏色和峭壁上其他部分不同的石塊，恰好是一扇門那樣大小，石質很潤，看來像玉。

第十部

使用炸藥進入仙府

賈玉珍在那塊大石上撫摸着，指着一處：「你來看看，看是不是認出那兩片玉鑰來？」

我走近去，看他手指着的地方，石塊全然是一整塊的，上面有一些不規則的，不是很明顯的石紋，也沒有斷續。

那時，夕陽西下，斜陽照在那玉門上，我不但看，而且用手去撫摸，也看不到那兩片玉鑰，在什麼地方。

賈玉珍道：「我早已説過，它們完全嵌進去了，沒有那兩片玉鑰，我進不了這個洞府。仙府奇珍，真是巧奪天工。」

我只好苦笑了一下，道：「你快開門吧。」

賈玉珍道：「現在，任何人只要輕輕一推，就可以把這扇玉門推開。」

他説着，只用一隻手去推那玉門，突然之間，他怔了一怔，喉際發出「咯」的一下聲響，神情也變得很怪異，然後，他又用力推了一下。

那扇玉門一動也沒有動，賈玉珍變得尷尬，他雙手再用力去推。

可是那塊看來像是嵌在峭壁上的石門，一點也沒有移動的意思。

賈玉珍着急起來，一再用力推着，我在旁看着，覺得又是好笑，又是怪異，我提醒他：「是不是須要唸什麼咒語？像『芝麻開門』之類？」

賈玉珍怒道：「當然不用，我……曾推開過這山洞好幾次，每次回去，只要輕輕一推，就可以把門推開來，這次……這次……」

他一面說着，一面不但用力推，而且用他的肩頭去頂，由於他十分焦急，他額上已經滲出汗珠來。

我搖着頭：「我看你再用力也沒有用，仙人的洞府，已經關上了。」

賈玉珍像是根本聽不到我的話，仍然在用力推着，推了一會，他停了下來，伸手在石門上摸着，不住喃喃地道：「就在這裏，那兩片玉鑰，就在這裏的，怎麼找不到了？」

我問道：「是不是你記錯了地方？」

賈玉珍聽得我這樣說，狠狠瞪了我一眼。我也懶得再說什麼，自顧自走開了幾步，揀了一片長得細軟茂密、雜着許多各色野花的草地，躺了下來，望着天際幾抹淺紫色的晚霞，倒也怡然自得。清風拂來，反正石門打得開打不開，都和我沒有關係。

連日疲倦，我閉上眼，矇矇矓矓之間，已經快要睡着了。賈玉珍還在努力想弄開那道石門，我想，不論他是不是弄得開那道石門，他總會來叫我的。

我真的睡着了，不知道睡了多久，突然之間，被一下驚叫聲驚醒。

我睜開了眼，立時坐了起來，只覺得月色極好，整個小山坳之中的一切，都像是塗上了薄薄的一層透明的淺銀漆，有一個人影，在我的身邊一閃。

月亮斜掛，恰在兩個山峰之間，我看到的人影，當然是月光照在人身上，留在地上的身影。這小山坳中只有我和賈玉珍，當然那是賈玉珍在我身邊。

我轉過頭來：「那門——」

我才講了兩個字，就陡然停住。從看到影子的移動，到轉過頭去，最多不過十分之一秒。

賈玉珍就算移動得再快，也不可能在那麼短的時間內，移出我的視線之外，可是當我回頭看去時，卻什麼人也看不到。

小山坳中有很多石塊。也有不少竹叢、樹叢，賈玉珍若真是返老還童到了童心大發，和我玩捉迷藏，他確然有不少地方可以躲起來，但是我不認為有這樣的可能，我直覺地感到，有什麼怪異的事發生了。

我先一躍而起，大叫道：「你在哪裏？」

出乎我意料之外的是，我一叫出來，立時就得到了回答，而且，那分明是賈玉珍的聲音。

賈玉珍的聲音，像是從十分遙遠的地方傳來，而且有着回聲，像是他在對面山的山頭回答我的話。

不但如此，而且他的聲音，在迅速遠去，我事實上只聽到了半句，他在叫着：「我在這裏，我——」

我立時循聲看去，他的聲音從石門那邊傳過來，我一面向前奔去，一面又叫道：「你在哪裏？在哪裏？」

可是這一次，我卻並沒有得到回答，我來到那道石門前，月光映在玉質的門上，發出十分柔和的光輝。

我再轉過身來，可就在我背對着石門之際，突然聽到，有一種十分怪異的聲音，起自我的背後。那聲音怪異得難以形容，尤其是在這樣的情形之下，更是令得人遍體生寒，幾乎沒有勇氣轉過身來。

那是有人在發出幽幽的長嘆之聲，而且就在我背後發出來！而我幾乎是背貼着那道石門，我可以絕對肯定，在我和那道石門之間，不可能有一個人在。

我先大聲叫了一下：「誰？」然後我立時轉過身來，石門前沒有人，只有我的影子，投射在石門上。就在那一霎間，我又感到了極度的震驚，我看到，我在那道石門上的影子，正在蠕動。

我人站着不動，影子怎麼可能蠕動呢？但是我又絕不是眼花，我的確看到我的影子在動。我立時想到，唯一的可能，當然是那扇門在動——如果一個人，或一件物體的影子，投射在一幅布幕上，那布幕在抖動，上面的影子自然也會動。

可是在我面前的是一塊平整的石塊，石塊怎麼可能忽然像一大塊豆腐一樣顫動？

我心中訝異之極，立時伸手向石門摸去，我的手碰到石門，天，那是軟的！我的感覺，就像是摸到了才調好的石膏之上。

那令我嚇了一大跳，立時縮回手來，不但縮手，而且退了一步。在那一霎間，我心中駭異之極，不知道發生了什麼事，我盯着那道石門，可以清楚地看到，剛才的一按，在石門之上，留下了一個相當深的手印。

我不知道該如何做，那嘆息聲又傳了出來，清清楚楚，從那石門上傳出來。

我又大聲問道：「誰？」

一面問，一面我再走向前，在這時我所想到的是：石門既然如此柔軟，就算我沒有什麼工具，只要拗下一根樹枝，也可以將之弄開來的。所以我一踏向前，立時又伸手去推石門。

當我的手和石門接觸之際，我又呆住了，手按在石門之上，由於驚呆，一時間竟忘了縮回來。

石門冰涼、堅硬，就像它的質地所應該顯示的那樣，絕不柔軟。

我眨着眼，如果不是在石門上，留着我一個清晰而又相當深的手印，我一定會認為剛才全是幻覺。

可是那個手印，清清楚楚地在。

這説明了什麼?説明了不到幾秒鐘前，石門柔軟，只要用力一擠，就可以自它中間把身子穿過去。

但是現在，石門卻變了，變得堅硬了。

我俯身拾起了一塊石塊來，用力在石門上敲着，所發出的聲音相當空洞，這證明石門後面，是一個空間。石頭的尖角處變成了碎片，石門上卻一點被碰撞的痕迹都沒有，可知它質地堅硬。

然而，在前一刻，它又何以如此柔軟?

驚疑不定，我想起，賈玉珍到哪裏去了?

我又大聲叫了幾聲，可是除了回聲之外，什麼回答也沒有:賈玉珍不在那個小山坳中了。

我被叫聲驚醒過來，他的身影，還曾在草地上一閃而過，他不可能在那麼短的時間內離開山坳。

唯一的可能是，他進入了那道石門，到了石門之後的那個空間。

當我第一次伸手按到石門上，覺出石門柔軟，由於全然出乎意料之外，所以立時後退了一步。

我那一按，並不是十分用力，居然在石門之上，留下了一個至少有一公分的手印。如果我當時，不是伸手按向石門，而是蓄定了勢子，用力向石門撞過去，情形會怎樣？

極有可能，在用力一撞之下，我整個人會穿過那時十分柔軟的石門，進入石門之後的空間。事實上，我可以肯定，當我伸手按向石門之前，石門的質地，已經開始在變硬了，因為我首先發現投射在石門上的影子蠕動，石門看起來就像是一幅水簾。

如果賈玉珍不斷在用力想將石門弄開來，反正他有用不完的精力，不論我睡了多久，他都不會疲倦，他一直在推着，撞着，突然之間，石門的質地變了，變得全然不足以阻擋一個人大力的撞擊，那麼會發生什麼事呢？當然是直闖了進去。

這可能就是賈玉珍發出一下驚叫聲的原因，假定賈玉珍也料不到會有這樣的情形發生，他自然會不由自主，發出一下驚呼聲。

驚呼聲將我驚醒，我一睜開眼時，正是他衝進石門的那一霎間。然後我大叫，他回答。他回答的聲音，聽來像是從很遠的地方傳來，自然，也可以在一些什麼阻隔之後傳過來。賈玉珍在石門後回答。

我甚至可以設想，石門的質地，當賈玉珍撞進去時，一定是鬆軟得幾乎等於什麼也沒有，所以聲音都可以透過去，但是質地由鬆軟到堅硬的過程，一定十分快，所以他回答我的聲音，迅速地被阻隔，傳不出來了。但是，那兩下嘆息，又是怎麼一回事？

由於在這短短的時間之中，所發生的事，實在太怪異了，所以我思緒亂到了極點。我一面在迅速轉着念，一面仍然不斷用石頭敲着那道石門。

我鎮定了一些，想到，如果賈玉珍是在石門後面，他聽不到我的叫聲，應該可以聽到石頭敲上去的聲音，我這樣亂敲，並沒有用處，是不是可以用敲擊來通消息？

我深深地吸了一口氣，我不知道賈玉珍是不是懂得摩士電碼，但是只要他可以聽得到，有規律的敲擊聲，會給他一個概念，是有人要和他通消息，他可以回答我，使我確定他真的是到了那道石門的後面。我開始敲擊：「你在嗎？」

我足足反覆地敲了十來遍，然後，把耳朵緊貼在石門之上，希望可以聽到有什麼聲響自石門後傳出。

但是我卻什麼聲音也聽不到。

我和賈玉珍來到的時候一樣，希望把石門弄開來，可是卻徒勞無功。忙了很久，才想起看時間，快凌晨一時了。我是什麼時候被驚醒的呢？大約是在一小時之前，我無法回想究竟花了多少時間，如果是一小時之前，那麼，賈玉珍發出驚叫聲時，可能正是午夜零時。

我的思緒極亂，這時忽然想到了時間，也是由於思緒混亂的結果。如果是零時，那是一天結束，一天開始的一個交替。在傳説和記載中，在這樣的時間，往往會有仙蹟發生，是不是每當子時，那扇石門的質地會轉變，可以使人通過它？

當我想到這一點時，不禁苦笑，因為在不知不覺之中，也陷入了神仙故事的泥淖之中了。

我竭力使自己鎮定，找了一塊大石坐下。這一晚餘下來的時間。我只是怔怔地望着那道石門，希望賈玉珍忽然打開門走出來，告訴我究竟發生了什麼事情。

可是，一直等到天亮，卻一點結果也沒有。

這時候，我反而不覺得疲倦了，因為眼前所發生的一切，實在太過奇異。我先採集了一些果子和草根，那倒是這幾天之中賈玉珍教我的，什麼可口，什麼苦澀，然後我到小溪邊，就着溪水，吃那些山果。

然後。我又來到那石門之前，仔細觀察，那個手印還在，正是我的手印。

（我想：如果日後有人來到這個小山坳，發現了這個手印，那麼這裏就可以成為「仙人手印」之類的一處名勝。）

（我又想：這樣的名勝，在中國各處，可以説極多。）

（我再想：那些類似的名勝，大都附帶着一個神仙故事。）

（我更想：我的經歷，是不是也可以衍化成為一個神仙故事呢？）

在白天的光線下，經過仔細的觀察，我依稀找到了那兩片玉鑰。

若不是我曾見過那兩片玉鑰，對它們的形狀有着深刻印象，絕沒有法子找出它們來。

那兩片玉鑰，看起來天衣無縫地嵌在石門上，在它們的周遭有極細的痕迹，我取出了隨身所帶的小刀，試圖就着那極細的縫，把那兩片玉鑰撬出來，但是無論我如何努力，發現自己絕對無法成功。但是我卻可以肯定，得自魯爾手中的那兩片玉件，嵌在這扇石門之中了。

我集中精神想賈玉珍上次在這裏的遭遇。據他說，他用玉鑰打開了門，裏面是一個山洞：傳說中的仙人洞府。

而這扇門，在打開之後，他曾進出好多次，只要輕輕一推，就可以打開。而在那座洞府之中，他又服了「仙丹」，使他的「仙業」又進了一步。

可是為什麼在他離開了一個時期之後，那扇門變得打不開了呢？又為什麼那扇門會變得那麼怪異，連質地都會改變？

那種怪異的現象和疑問，如果用賈玉珍的方法來解釋，那倒是再簡單不過的，一句「仙法妙用」，就可以解決。

可是問題就在於：什麼是「仙法」？

我這時希望，到了子夜，那扇門的質地又會起變化，使我可以穿門而入——我相信賈玉珍已經穿門而入了。

我在小山坳中無目的地走着，躺着，又搜集了一些山果，時間倒並不是過得太慢，天色漸漸黑了下來。天黑了之後，我就心急地在那扇石門之前，一直用手按在門上，那樣的話，只要石門一變得可以「穿」過去，我就可以立時行動。

時間漸漸接近午夜，我的心情也愈來愈緊張，因為我實在無法想像，如果時間一到，我竟然可以穿過那石門，會有什麼事發生。

我一直按在石門上的手，由於心情愈來愈緊張，手心在直冒汗。我失望了，到了午夜，過了午夜，那玉質的門給人的感覺，還是冰涼而堅硬的，一點也沒有變得鬆軟而可以供人穿過去的意思。

我又等了很久，可是玉質的門始終是玉質，昨天晚上的變化，並沒有在今晚重複。

我一直在那個小山坳中，等了三天，每天午夜，都希望會有奇蹟出現，我也希望賈玉珍像是他神秘消失一樣，會神秘出現。

可是三天下來，我什麼也沒有得到，唯一的收穫，是有一大群猴子，經常在我身邊繞來繞去，學着我的樣子，把一些不知名的塊狀草根，放在口裏嚼吃着。我還發現猴子比我吃得更講究：他們吐渣。

三天之後，我看起來已經和野人差不多，如果這時候有什麼探險隊來到這裏，發現我和猴子生活在一起，他們可能以為發現了什麼新種的野人。

我感到沒有必要再等下去，在這三天之中，我已經用盡了一切方法，想弄開那扇石門，在經過用力的撞擊之後，我可以肯定，在那石門之後，一定是一個空間，因為它發出空洞的聲音。

我決定要打開這扇石門，以一解究竟，在山坳中的原始工具既然不能達到這個目的，那麼唯一的辦法，就是用比較有效的辦法，就是我曾經教過賈玉珍，而賈玉珍不敢用的方法——用炸藥把門炸開來。

賈玉珍不敢這樣做，是有顧忌，他怕炸藥會損壞仙境，會把仙籙和仙丹炸壞了，妨礙了他的「仙業」，可是我卻不必顧忌什麼。

所以，為了要探索究竟，我可以在這個闃無人迹的山坳之中，大幹一番，我相信在這裏，就算發生一場里赫特制七點二級的地震，至少也要一個星期之後，才有人來到這裏。

當我決定了要這樣做的時候，我有一種頑童即將把一個惡作劇付諸實現的欣喜。雖然只是一個人，我也忍不住哈哈大笑了起來（那些猴子跟着發出怪聲）。

在進入山區的時候，我留意到在山腳下有一個小兵營，在那裏，我足可以得到我需要的炸藥。我知道那決不困難。我的估計一點不錯，經過甚為單調乏味，所以不準備把它寫出來了，我選擇的是六個手榴彈，和六條烈性炸藥。手榴彈的威力或者不怎麼樣，但是那六條烈性炸藥，足可以剷平一座小山頭。

一來一去，花了十天時間，回來的時候，幾乎找不到那小山坳，多花了一天。

在我找不到那個小山坳之際，我幾乎相信那是「仙法」在作怪，什麼迷蹤

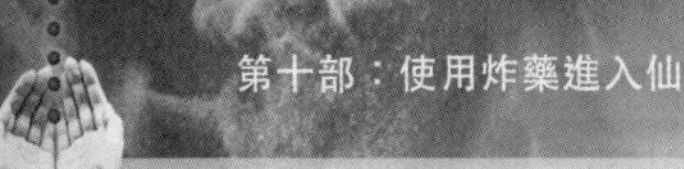

仙法之類，使我找不到目的地，以免得那座仙家洞府遭劫。

可是我終於找到了那道山澗，順着山澗下去，一直到了那個小山坳。我才一走進去，那一大群猴子就亂叫亂蹦着迎了上來，我要大聲呼喝，才能把牠們趕開。

然後，我來到那扇石門之前，先把弄來的炸藥遠遠放好，再用一塊大石，在玉門上重重敲了幾下，用盡了我的氣力，以我所能發出的最大的聲音，向着門叫着：「賈玉珍，我要用炸藥炸門了。你最好出來，至少弄點聲音出來，讓我知道你在裏面，或許我會改變主意。」

當我連叫了兩遍之後，由於用力太甚，連喉嚨都痛，又回到溪邊，用竹節舀了溪水，喝着潤喉，等着回音。

然而，除了猴子發出的聲音之外，一點回音也沒有，我先取下了一隻手榴彈，拉開了引線，用力向那道玉門，拋了過去。

手榴彈向前拋去，幾隻自以為能幹的猴子，飛快地撲向前，想把手榴彈接住，結果自然十分悲慘，手榴彈撞擊在石門上，發出震耳欲聾的巨響，爆炸開來，那幾隻自以為有能力的猴子，被炸得變成了碎片，而其餘的猴子，發出刺耳之極的尖叫聲，在不到十秒鐘之內，連爬帶跳，走得蹤影全無，我相信牠們再也不會在這小山坳中出現了。巨響迴蕩，濃煙散去，我呆了一呆。那扇玉門還在，非但沒有像我想像中那樣四分五裂，簡直連裂痕都沒有一條，而玉門兩旁的山崖，卻有不少石塊被炸了下來。我走近去觀察了一下，玉門絲毫無損，那是毫無疑問的了，可是那並不能使我停止，因為我發現，由於門旁有不少石塊被炸碎，可以清楚看出，那扇門是人工嵌上去的。我肯定，再有幾次同樣的爆炸，就算炸不碎門，由於門四周的石塊鬆了，整扇門會倒下來，使我可以進入門後的空間。

觀察了一會，我又接連拋出了三枚手榴彈。

等到煙消，玉門周圍的山崖，被炸去了許多，在門旁堆滿了大小石塊。門的一邊，山巖被炸去最多，但是那扇門還沒有倒下來，看起來，手榴彈的爆炸威力還不夠。

我注意到，門一邊，山巖被炸去最多的地方，可以放置炸藥，我決不相信

六條烈性炸藥，會炸不開那扇玉門來。我向那扇玉門，狠狠踢了一腳。

我取來了炸藥，塞在山旁的石縫中，裝好了引爆雷管，然後把引線拉開了五十公尺左右，把引線和一個小型引爆器聯結起來。

做妥這一切，只要扭動一下掣鈕，那六條烈性炸藥，就會轟然爆炸。

我的手指放在那個掣上，吸了一口氣，就在我要扭動它時，突然我聽到一個人，以一種極怪異的聲調叫了一句話。

突然聽到有人聲，心中自然驚駭莫名，那句話，我聽得清清楚楚：一共是四個音節，而且我可以肯定那是中國話，一句四個音節的中國話，可是我卻完全無法明白這四個字代表什麼！

我聽到的四個音節，可以用拼音拼出來，很清楚，像是一句責問，拼音的結果是「BI—JIANG—XI—WEI」！

（四個音節根據標準拼音法拼出來，我想誰也不能一下子就明白這四個音節所代表的意思，我也在以後才明白。）

那句話聽來相當憤怒，像是在責問什麼，我立時四面一看，周圍根本沒有人，我連問了幾聲「什麼人」，一點回音也沒有。

我把那四個音節，在心中重複了幾遍，無法明白是什麼意思，我又叫道：「賈玉珍，是你嗎？」

連叫了幾遍，沒有回音，我又問：「剛才是誰在說話？有人嗎？」

我心中猶豫，六條烈性炸藥的爆炸力極強，如果附近有人，爆炸就可能傷害到這個人。所以，我放下了引爆器，走向看來可以供人隱藏的大石或樹叢後去，看看是不是有人躲着。突然之間，我又聽到了人講話的聲音，這一次，是兩個人在對話，每人講了一句十分簡單的話，一個聲音就是我曾聽過的，還有一個聲音，聽來帶着稚音，是一個小孩子。

那兩個人對話極簡單，一句四個音節，一句只有三個，聽得出是一問一答，問的是那個聽來像是小孩子的聲音，而答的是那個大人的聲音，回答的語調，像是在命令，或是在喝阻什麼。

我陡地直了直身子，事情發生得極其突然，一下驚天動地的爆炸聲，震得我如同巨浪中的船隻，劇烈地晃動，接着，一下又一下的爆炸，震得我身子跌

倒在地上。

我自然知道，那是六條烈性炸藥爆炸的結果。可是我離開引爆器相當遠，炸藥怎麼會爆炸？

幸而我剛好在一塊大石的後面，我可以聽到因爆炸而四下亂飛的石塊，撞在大石上的聲音，整個小山坳的地面，似乎都在震動。

足足三分鐘之後，四下的回聲，才漸漸靜了下來。我也直到這時，才能定下神來，站起身，向前看去。我看到那扇玉門，已整個倒了下來，地上滿是大大小小的石塊，空氣之中，充滿了炸藥的氣味。

我也顧不得去想爆炸是怎麼發生的，連跑帶跳，向前奔去，裏面果然是一個空間。

空間看起來十分黑暗，像是一個山洞，並不像賈玉珍曾描述過的，是一個十分光亮明潔的石室。而且，在洞中，還有一種「胡胡」的聲音傳出來。

我並沒有多考慮，只是想到，可能要先進入山洞，才能到達賈玉珍所說的石室，我叫着：「賈玉珍，你沒有什麼吧？」

一面叫着，一面已經向內直衝了進去。

我向前奔進去的速度相當快，一下子就奔進去了好幾尺。也正因為我向前奔出的勢子太快了，所以等我感到事情不對頭時，已經無法再後退了。

我一進入山洞，眼前一片漆黑，我第一個感覺是：這裏雖然是一個山洞，但決不應該這樣漆黑無光。一想到這一點時，我已經慢了一慢。

而就在那一霎間，一股極大的牽引力量，我像是置身在一個極其強烈的漩渦中，身不由主，跟着那股強大的牽引力而旋轉，而且，在極短極短的時間之內，身子轉得如此急速，像是一隻陀螺，在一片濃黑中，身子作這樣的旋轉，那滋味真不好受！

我本能地伸出手來，想抓住什麼，以便和那股強大的牽引能力對抗，停止身子旋轉，可是什麼也抓不到。而且旋轉，也愈來愈快。

在急速旋轉中，我又有一種十分怪異的感覺：我整個人在漸漸向上升起來。我駭然之極，不由自主，大聲呼叫。

這一切，都在極短的時間發生，然後，突然旋轉停止。

我仍感到天旋地轉，跌跌撞撞，我首先感到，眼前已經有了光亮，雙手本能地伸向前，居然給我扶住了一幅牆。我連忙用力，使自己的身子穩定下來。

就在這時，我聽到在我身後，有人發出了一下笑聲。我立時轉過身來，看到有一個矮小的身影，閃了一閃，動作極快，一下子就看不見了。

這時，我也已看清，我在一間石室之中，那間石室並不太寬大，有一些石製的東西放着，看來像是桌、榻等陳設。

那矮小的人影一閃不見處，是一大幅石屏風，大約有兩公尺寬，有着極其精美的淺刻，刻的是山水風景。一草一木、山峰和天上的雲，全是用細細的線條列出，卻生動無比，而且有着極佳的透視，向它看上一眼，略一疏神，就像那是真實的風景。我忍不住多看了幾眼。然後，我才陡地想起，我是怎麼來到這裏的？剛才那個矮小的人影，看來像是一個小孩子，這裏怎麼會有小孩子？

我勉力走了定神，吸了一口氣：「有人麼？」

我一句話才出口，就看到一個人自石屏風之後，緩步走了出來。一看到有人，我心中就安定了許多，可是向那人看了一眼之後，我就詫異得說不出話來。

第十一部

和神仙在一起

自石屏風後走出來的那人當然是賈玉珍。他並沒有再年輕下去，所以我一下子就可以認出他來。而令我感到詫異的，也不是他身上所穿的衣服十分怪異——那是一種十分寬大的灰布服，看起來，穿這種衣服相當舒適，但是實際上，現在早已沒有人穿這樣的衣服了，那是古代的衣服。

令我詫異的是，這一次不見賈玉珍，只不過半個月而已，可是他的臉上，卻有着一種難以形容的光輝——看起來，像是在他的皮膚之下，有一種柔和的光透出來。我由於驚訝，一時之間講不出話來，賈玉珍一面向前走來，一面皺着眉：「衛斯理，你實在太胡鬧了。」

我完全鎮定下來，話像是潮水一樣湧了出來：「這是什麼地方？我剛才來的時候，發生的事很怪異。剛才我好像還看到了一個小孩子，那是怎麼一回事？你那晚不見以後就進來了？發生了什麼事？我胡鬧什麼了？」

賈玉珍連連搖手，可是也無法阻止我的話，等到我一口氣講完，停了一停，又要再立即繼續下去，他才插得上口，急叫道：「你再說，我就什麼也不說。」

這句話對我來說，有效之極，因為不知有多少疑問，全要靠他來解答，如果他什麼也不說，那可糟糕得很。

我忍住了不說，看着他，賈玉珍道：「你太心急了，其實我遲早會來多謝你的。」

我瞪着眼：「多謝我什麼？」

賈玉珍神情高興：「我已經找到了玉真仙籙的下卷。」

我「啊」地一聲：「你……現在已經是神仙了？」

賈玉珍點了點頭。

我嚥下了一口口水，仍然瞪着他，這是我有生以來，第一次和一個神仙在一起。

我向他走近一步，神情懷疑：「神仙？看起來你和人沒有什麼不同。」

賈玉珍笑了起來：「我本來就是人，當然看起來和人一樣。」

我有點被捉弄了的惱怒：「剛才你說你是神仙。」

賈玉珍皺了皺眉，伸手在頭上摸了摸：「人就是神仙，神仙也就是人。」

我忍不住罵了一句：「這算是什麼屁話？」

賈玉珍又好氣又好笑：「舉個例子說，一個人成了醫學博士，大家都叫他博士，他是博士，可是他實在還是人。人就是博士，博士當然也是人。」

我呆了一呆。

「人就是神仙，神仙就是人」這句話，不容易明白。

「人就是博士，博士就是人」，十分容易明白。

兩句話其實一樣，只不過名詞上差別，為什麼一句易明，一句難明呢？當然是由於「神仙」和「博士」這兩個名詞不同。「博士」常見常聞，生活之中可以遇到很多，但是「神仙」，卻只在傳說中發生，所以在觀念上就模糊了。

可是，我還是不明白，我於是又問：「神仙和博士，當然不同，博士是人，可是神仙卻是神仙。」

賈玉珍笑了一下，道：「你也可以說，博士是博士。」

我給他愈弄愈是糊塗，賈玉珍道：「你只要知道，神仙其實就是人，這就行了。」

我搖頭道：「我還是不懂。」

賈玉珍現出十分不耐煩的神情來，説道：「那要怎樣才能使你懂？」

我道：「你是神仙，你應該有法子令我明白。」

賈玉珍十分為難，他的健康狀況看來極佳，但是他的智慧看來並沒有什麼增進。他猶豫着，不知如何才好，在那石屏風之後，忽然傳來了一下低低的咳嗽聲。賈玉珍一聽，神情大是高興，忙向石屏風後走去。

我不禁疑心大起，連忙要跟了上去，可是賈玉珍忙道：「別過來。」

我停了一停，賈玉珍已經轉進了石屏風之後。賈玉珍的那句話，當然不能阻止我去看清楚在石屏風後發出咳嗽聲的是什麼人，我繼續向前走去。

這時候，一個極其怪異的現象又發生了，那石室並不大，我和賈玉珍站着説話，離那石屏風絕對不會超過五公尺，以我的步子來説，五步就可以走到。可是，我至少已向前走了十七八步，一點沒有進展！我停了下來，全然不明其中的原因。而賈玉珍已從石屏風走了出來：「我能使你明白了。」

情形十分明白：賈玉珍自己笨，不能解釋，石屏風後面有一個人在，那人咳嗽了一聲，叫賈玉珍過去，教了賈玉珍一些話，所以賈玉珍就有方法令我明白了。

在石屏風後的是什麼人呢？何以我竟然無法走近那個石屏風？

賈玉珍向前走來：「一個人，他學了很多東西，有了特殊的能力，他成了博士；同樣，一個人，學了很多東西，有了特殊的能力，他成了神仙，那只是對能力的一種稱謂，人還是人。」

我仔細想着賈玉珍的話，有點明白了：神仙是人，只不過是有着特殊能力。

我心中仍然充滿了懷疑，問道：「你的意思是，神仙有特殊能力？這種特殊能力，包括長生不老、法力無邊？」

我雖然是在問賈玉珍，但是卻眼望着石屏風，希望石屏風後的那人會現身出來，和我交談。

可是石屏風後卻一點聲音也沒有，賈玉珍道：「對，就是這樣。」

我的思緒，混亂之極。

神仙是人，只不過有特殊能力。他的能力包括了上天入地、長生不老，等等等不可思議的事，但是他還是人。

我從來也未曾想到過這一點，也從來未曾聽任何人，在任何記載上提到過這樣對神仙的理解。

我轉着念，仍是疑惑不止，又追問道：「神仙，是人體潛能得到了徹底解放的一種人？」

賈玉珍現出一臉不耐的神色來：「我不懂你在說些什麼。你總喜歡用古怪的話。什麼抗衰老素、什麼潛能發揮，放着好好的話不用，去用這種怪裏怪氣的話。」

我聽得他這樣說，只好苦笑：「好好的話，應該怎麼說法呢？」

賈玉珍大聲道：「用好好的話說，就是我遇到了仙緣，服食了仙丹，修了仙法，成仙了。」

我又是生氣，又是無可奈何：「你這種說法，不能滿足我。看來在石屏風後面的那位朋友，比你懂得多，何不請他出來見見面？」

賈玉珍搖頭道：「他已久矣乎不見凡人了。」

我呆了一呆：「你——是說——他也是神仙？」

賈玉珍有點怪我大驚小怪：「當然是，他的道行極高，東漢末年，就已經得道。」

我感到了一陣暈眩。

這是什麼話！真不應該在現實生活中聽到。

我要花相當時間，才能令自已鎮定下來，去體會這句話，但我立即決定，不理旁的，只要知道石屏風後面，有一位神仙在，這比較容易明白，神仙無所不能，他們的壽命不受時間限制，那麼，「東漢末年得道」又算得了什麼？盤古開天闢地時他已經在了，也不足為奇。

我定下神來之後：「我能來到這裏，總算也是有緣分了吧，請他出來見見，又有何妨？」

賈玉珍擺出一臉不屑的神氣，搖着頭，他這時的神情，倒十足是我第一次看到他在收買古董時的那種氣餤，可見本性難移，這倒也使我更相信神仙本來就是人。我感到有點惱怒：「他不出來，我不會過去嗎？」

賈玉珍笑道：「你剛才已經試過了，你一輩子也走不到那石屏風後面。」

我呆了一呆，剛才的經歷，我當然沒有忘記。而這時候，我也學會了賈玉珍所使用的那些詞彙——那是只應該出現在神怪小說中的詞彙。我道：「剛才——他施了法術？那是什麼法術，使我一直走，但走不到那石屏風？可是傳說中的縮地成寸？」

賈玉珍看來有點不懂裝懂的神情，可是他還是大聲答應了一聲。

我實在忍不住，提高了聲音：「任何事，都有解釋的，一種方法，使我不能接近距離我幾步的石屏風，你怎麼解釋它的道理？」

賈玉珍的回答，使我感到他不是神仙，簡直是白癡，或者說，他是一個愚笨之極的神仙，他瞪着眼：「什麼解釋？它就是仙法。」

我握着拳，幾乎想向他一拳打了過去，就在這時，石屏風後面，又傳來了一下低低的咳嗽聲。我不等賈玉珍有反應：「快去聽指教吧，聽了，好好講給我聽。」賈玉珍的神情有點被嘲弄後的尷尬，急急向石屏風後走去。

這一次，我早有準備，賈玉珍一走，我立刻也行動，緊貼在他的身後，向前走去，一連幾步，眼看賈玉珍已轉到了石屏風後面，我一步跨出，也可以跟着轉過去了，卻不料一步之後，毫無任何異樣的感覺，又回到了原來的地方。

在接下來的兩分鐘之中，我嘗試了向前衝、跳、撲，可是不論我的動作如何快捷，那石屏風始終和我保持着同樣的距離，我喘着氣停下來，又看到賈玉珍自石屏風後轉了出來。

他的神情十分古怪，口唇不斷地在動着，全神貫注，看起來，是石屏風後的那位，教了他一些話，他生怕忘記，正在努力背誦。我一見他出來，已急不及待地喝道：「你在幹什麼？」

賈玉珍陡然一怔，現出十分懊怒的神情來：「你吵什麼？那些怪裏怪氣的話，已經夠難記的了，你再要吵個不停，忘記了可不關我的事。」

聽得他這樣說，我倒也不敢出聲，因為我知道，他口中所謂「怪裏怪氣的話」，就是我可以聽得懂和接受的現代語言。

我作了一個手勢，請他快說。賈玉珍作了一個手勢，道：「空間，空間的轉移！運用能量，把空間作有限度的轉移，你一直在前進，可是空間卻一直在作相反方向的轉移，那情形，就像是你在一個原地跑步器上跑步，永遠不能前進。」

我用心聽着，聽得目瞪口呆。

賈玉珍説道：「你聽不懂，是不是？我早説過，這種怪裏怪氣的話——」

我不等他講完，就連聲道：「不，不，你弄錯了，我聽得懂，全然聽得懂，你再説。」

賈玉珍十分意外，又道：「空間的轉移是最主要的一環，掌握了空間轉移的能力，就可以隨意突破空間的限制，而空間的轉移，聯帶也突破了時間的限制，這就是神仙和凡人最大的分別。」

賈玉珍説來，像是小學生在背書，這樣也有一個好處，就是我每一個字都可以聽得十分清楚。

我迅速地轉着念，對於他所説的一切，一時之間，我還不能完全消化，但是卻多少已有了一點概念，我忙道：「再説，再説。」

賈玉珍道：「神仙有能力瞬息千里，那只是空間轉移，神仙也有能力在時間之中旅行。」

我連連點頭：「是，我明白很多，可是……這種能力，是從何而來的呢？」

賈玉珍道：「發自自身，人的身體成了仙體，蘊有一種極高的能量，可以輕易做到這些，能量甚至可以衝擊元……元……」

我忙道：「元素。」

賈玉珍道：「是，元素，能量衝擊元素，使元素的原子結構改變，整個元素也就改變，點鐵成金，就在這種情形下發生。」

我一面搖着頭，一面像是夢囈一樣地道：「不可能，人體怎麼也不可能發出那麼大的能量，要改變元素的原子排列，使一種元素變成另一種元素，需要的能量極大，絕不是人體能提供的。」

賈玉珍聽得我這樣説，起先現出疑惑和不耐煩的神色，像是在指摘我竟然敢不相信神仙的話，但接着，他向我抱歉地笑了一下：「是，是，我説漏了一點，能量並不是人體直接發出來的，而是通過人體的作用，聚集了人體四周圍的能量達成，能量無處不在，單是太陽的能量，如果懂得集中、利用，就可以翻江倒海，還有磁能，無窮無盡，只要你懂得利用，順手一抓——」

他講到這裏，伸手向空一抓，我怔怔地望着他，他不好意思地笑了起來：「當然……我還沒有這本領，但我會有。」

我實在不知道說什麼才好，賈玉珍剛才講過的話，在我耳際嗡嗡作響，令得我根本完全無法好好地去想一想。

賈玉珍倒很關心我，他問：「你明白了？」

我連嚥了幾口唾沫：「我……開始明白了。神仙，就是掌握了宇宙間無窮無盡能量的人。」

賈玉珍高興得很：「難得，老實說，我還是不明白，我只要會做就行了，誰去理會那些怪裏怪氣的話。」

我不禁啼笑皆非，這時，我已經明白，神仙，就是具有超能的人，這種超人，可以突破時間、空間的限制。在凡人眼中看來，無所不能。賈玉珍成了神仙，仍笨得很，是一個笨神仙。

賈玉珍像是知道我在想什麼，揚了揚眉：「你說我笨？神仙是人，當然有的笨，有的靈，也有的頑皮，像那位小神仙，就頑皮得很，他弄了一下你那隻小箱子，就幾乎闖了禍。」

我聽得目瞪口呆。我曾看到過有一個細小的身形一閃而過，那是一個小孩子神仙？賈玉珍口中的「那隻小箱子」，當然是烈性炸藥的引爆器。小孩子成了神仙，還像是小孩子一樣頑皮，因為神仙也是人，雖然他具有超能，但是性格不變，小孩子頑皮、賈玉珍笨、東方朔詼諧、呂洞賓瀟灑……神仙是人，他們根本是人，只不過他們具有超特的能力！但是，小孩子……怎麼會成為神仙的呢？當我在心中這樣想的時候，不由自主問了出來。賈玉珍伸手摸着頭，答不上來，想了一會，他才道：「我看……每一個都是一樣的。」接着又道：「不論大人小孩，服了仙丹，修習仙籙……就成仙了，不單是人，服了仙丹，連雞犬都可以升天。」

我深深地吸了一口氣：「仙丹、仙籙是哪裏來的？最早，是誰留下來的？」

他，賈玉珍眨着眼，摸着頭，又答不上來，我雙手抓住了他的手臂，用力搖着他，嚷道：「去問躲着不肯見人的那個神仙，去！去！」

我說着，用力把賈玉珍推向前。這時，我的心情狂熱，對賈玉珍的態度，也大失一般人對神仙的崇敬。

所謂「神仙」，若是來自浩淼宇宙之中某一個星球上的外星人，那我可以接受，外星人具有超特的能力，已經成為可以接受的觀點。但是，神仙根本是人，就是和地球上每一個人一樣的人，只不過由於某種機緣，使他們掌握了超特的能力，這卻使人難以想像。

究竟有多少神仙在空間和時間中自由來去，永恆生存？普通人對空間、對宇宙間的能量還一無所知，他們是從哪裏學來這種本領的？仙丹有改造人體潛能得到充分發揮的功用，是誰首先煉製的？煉製的方法，又是誰傳下來的？

我的問題實在太多，多得在腦中打轉，使我的思緒，混亂一片。

在這裏，要加插一小段說明。

我記述這個故事，有一個好朋友，那天恰好走來，看到了上面那一段，他發表了一些意見，我認為有必要記下來。

他說：「你說『人類對宇宙間的能量還一無所知』，這種說法不實際。」

我道：「人類知道了什麼？」

那朋友道：「人類已經知道了不少，懂得利用太陽能、電能、磁能，以及許多能量。」

我嗤之以鼻：「那算什麼懂？」

那朋友道：「當然，人類利用這些能量的方法，十分笨，例如利用電能，就要通過大量笨重的裝置，但是再笨的方法，也是利用。」

我沒有說什麼，那朋友又道：「舉個例子來說，輪子才發明時，原始人製做的車子，多麼笨重，和現代的車輛相比，實在相去太遠了，但是你不能說原始人對利用輪子一無所知。」

我想了一想，覺得那位朋友的話，很有道理，我道：「好，我把這一句刪掉。」

那位朋友卻又阻止了我：「不必了，還是保留着的好。」

我瞪着他，他神情苦澀——他是一個世界上頂尖端科學的科學家：「我剛才所說的，是理論上的，理論上來說，一隻蒼蠅停到了航空母艦上，由於重量增加，航空母艦的吃水線應該有所改變，實際上，絕不會改變。」

我有點迷惑：「你想說明什麼？」

那位朋友嘆了一口氣：「理論上來說，人類可以說已懂得利用宇宙間無窮無盡的能量，但是實際上，還是可以用一無所知來形容。」

我仍然望着他，他停了片刻，又抬頭四面看了一下：「我也知道，就在我們的身邊，有着可以利用來做任何事的能量在，可是就是不知道如何利用它們，要是我也有神仙的能力——」

我連忙阻止他再說下去：「好了，好了，每一個人都想成仙，你別再說下去了，這是一種根本不可能實現的事。」

那位朋友怪叫了起來：「不可能？這是什麼意思？不是已經有——」

我再次打斷他的話：「就像你剛才所說的：理論上，每個人都有成仙的機會，但實際上，實在沒有可能。」

那位朋友苦笑了起來，神情居然十分沮喪，這令得我很生氣，以致有相當長一段時期，我沒有理睬他。

賈玉珍在我一推之下，跌跌撞撞衝向前，又到了石屏風之後，這一次，過了相當久，我幾乎已等得不耐煩了，才見他走了出來。

我忙道：「那位怎麼説？」

賈玉珍道：「他叫我反問你一個問題。」

我呆了一呆：「請説。」

賈玉珍想了一想，神情有點莫名其妙，顯然他問我的那個問題，不是他自己要問我的。他問道：「請問，人從何而來？」

我陡地一怔：「這算是什麼問題？」

賈玉珍卻釘着道：「回答這個問題，用最簡單的答案！」

剎那之間，我閃過不知多少念頭，人從何而來？

答案只有一個，也是最簡單的答案。

我就用這個答案來回答。

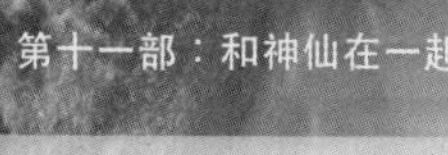

我答道：「不知道。」

賈玉珍笑了起來，顯然我這樣答，在他的意料之中，他道：「是啊，人不知人從何而來，神仙同樣，也無法知道神仙自何而成。」

我陡地叫起來：「不行，我不接受這種滑頭的回答，給我一個切實的答覆，從人變神仙的方法，是誰創造的，是誰留下來的？」

賈玉珍神情無可奈何地回頭向石屏風望了一下：「果然，他要尋根究底。」

我把他的頭轉了過來：「說啊。」

賈玉珍想了一想：「在很久很久以前，有人來傳授了這種方法，究竟是什麼人，仙丹是用什麼製做的——我服的仙丹，就有九天仙露，那是什麼東西，我也不知道，可就知道那能令我脫胎換骨。」我嘆了一聲，我知道，這不能怪賈玉珍說不清楚，一定是石屏風後面的那位神仙，也答不出我的問題。

我想起我和白素討論過這個問題，她曾提及，在記載中最多人「成仙」的年代，地球上一定出現過一些能傳授仙法的神仙，這些人是從哪裏來的？何以能通過藥物，使人體的潛能得到極度的發揮？這個問題，可能就像人從何而來一樣，只有唯一的一個最簡單的答案。

我緩緩搖着頭，賈玉珍道：「其實，神仙一定來自九天之上，這還有什麼可懷疑的？」

我狠狠瞪了他一眼，心中暗罵了一句：笨！

但我立時想到，「九天之上」是賈玉珍的詞彙，可以翻譯成無限宇宙中的某處，那麼，倒也可以講得通的了。

在我發怔的時候，賈玉珍又道：「衛斯理，很多謝你，我的仙緣，全靠你而來，每個人有每個人的機緣，我修仙有成，你反倒——」

我忙道：「那不算什麼，我並不是那麼熱中成仙。」

賈玉珍吁了一口氣：「那天午夜，我雙手按在門上，門忽然變軟了，我整個人陷了進來，門內卻不是我上次到過的石室，我被一股強大的力量，轉到這裏來。」

我道：「那不算什麼，空間的轉移而已。」

賈玉珍眨着眼，我十分相信他從頭到尾，不知道什麼叫「空間轉移」。他道：「你可以離去了，對普通人來說，你的遭遇已經很不尋常，我教你的練氣方法，你可還記得？好好去做，延年益壽，常保健康，是一定的。」

他要趕我走了，我忙道：「不行，我——」

賈玉珍搖頭：「你怎麼？別再胡鬧了，該走，就得走，留在這裏幹什麼？」

我忙解釋道：「我不是留戀這裏，只是……只是……」

真的，天地良心，我並沒有硬要賈玉珍或是石屏風後那一大一小的神仙收我為徒之意，但是我實在又不想離去，因為我心中的疑團，説解決了吧，好像全解決了，但真全解決了嗎？卻又未必。我想了片刻，只好道：「還有最後一個問題。」

賈玉珍望着我，我道：「石屏風後的那位，我曾聽到他呼喝了一聲，那是什麼話？可是你們神仙，另外有一種語言？究竟有多少神仙？神仙是另外一種人，聚居在一起，怎麼生活？神仙——」

賈玉珍大聲打斷了我的話頭：「這，叫作是最後一個問題！」

我笑了一下：「真對不起。」

賈玉珍道：「好了，我來答你，究竟有多少神仙，不知道，高興就聚居在一起，不高興就獨自徜徉九天，你不會明白天地之廣，因為你只能在地面上過日子——」

我大聲道：「我知道，你們有無窮的空間，而凡人只有一個。」

賈玉珍自顧自道：「我們還是講原來的話，事實上，道行夠了，不必講話，互相可以明白對方的心意。」

我道：「那麼，那句話，只有四個音節，我怎麼聽不懂，你懂嗎？」

賈玉珍道：「你說來聽聽。」

我把那四個音節唸了一遍，賈玉珍呵呵大笑了起來，道：「你少唸古文，他是在問我，你究竟想幹什麼。」

我呆了一呆，把那四個音節在心中回想了一遍，唉，那真是天曉得，我應該聽得懂的，寫出來，我一定懂，可是說出來，真不易聽得懂。

當時，我正準備引爆烈性炸藥，那神仙問賈玉珍：「他想幹什麼？」

「他想幹什麼」是現代人的話，那不知名、不肯露面的神仙是東漢末年的人，所以，同樣的一句話，出自他的口中，就是：「彼將奚為？」

我倒真有點慶幸我沒有直接和這位神仙交談，不然，只怕連續三年要做噩夢！

賈玉珍作了一個手勢：「要不要我送你出去？你進來的時候，也是旋轉着進來的；出去的時候，還要旋轉出去，這是那位神仙運用他的力量，使你突破空間限制。」

我用心聽着，突然之際，興起了一個念頭來，我問：「這裏，這間石室，已經不在青城山？空間的轉移，幾乎可以使人到達任何地方。」

賈玉珍遲疑地道：「我想……大概是這樣。」

我再提高聲音：「那麼，請送我回家，我不想再在荒山野嶺中長途跋涉。」

賈玉珍回頭向石屏風看了一下，石屏風後面，傳來了一下聽來很低微的

「嗯」的一聲。

這位神仙，我只聽到他講了兩句話，我實在想去看看清楚他是怎樣的一個人，但是如果他不讓我看，我無法可想，他發出「嗯」地一聲，那表示他答應了。賈玉珍在這時，神情有點傷感，說道：「衛斯理，下次再相見，不知是什麼時候了。」

我倒十分瀟灑：「對你來說，再過幾千年也不要緊，我可最多還有幾十年命，只怕是沒有什麼機會相見了。」

賈玉珍更是感慨：「是啊，我要潛修很久，將近一百年，等我修成時，你……」

我攤了攤手，作了一個無可奈何的神情，賈玉珍又道：「那麼，再見了。」

我向他揮了揮手，眼前一黑，那股強大的牽引力量又來了，我的身子不由自主旋轉着，這次旋轉的方向不同，愈轉愈快，等到突然之間，旋轉停止的時候，我伸手想扶住什麼時，碰到了一件十分熟悉的東西——那是一副鹿角，鑲在我書房的牆上。我睜開眼來，我在我自己的書房中。

定了定神之後，我打開了門，走了出去，恰好白素從樓梯上走了上來，看到了我，現出了驚訝莫名的神色來，我道：「怎麼，驚奇嗎？」

白素神情訝異：「真有點神出鬼沒，我可不希望你也修成了神仙。」

我深深吸了一口氣：「我也不想。」

我把她拉進了書房，把在青城山那個小山坳中發生的事，詳詳細細講給她聽。白素一聲不響地聽我講着。等我講完，她道：「你也真夠胡鬧的了。」

我道：「那你叫我怎麼樣？那個小孩子神仙，比我更胡鬧，連什麼是引爆器都不知道，就亂碰亂動。」

白素笑了一下：「難怪凡人要去找神仙洞府，都不會有結果，神仙能突破空間的限制，我相信神仙洞府，都在另外的空間中，偶然可以給人看到，也偶然，或由於神仙的『引渡』才能到達。」

我點頭表示同意：「對於神仙，我有了新的定義，神仙者，一種能突破空間、時間限制，而又能隨意運用宇宙間能量的超人。」

白素鼓了幾下掌：「你如果以這種題目去寫文章，只怕會被人當瘋子。」

我不理會，繼續道：「而且，我還有一個新的認識。神仙的能力不論多強，始終是人，保持着人的性格。」

白素「嗯」地一聲：「那又怎樣，他們始終是神仙。」

我道：「大不相同，他們是人，仍然有着人性上的弱點，有的笨、有的頑皮，也有的只怕並不覺得神仙歲月真正快樂——如果他本來是一個十分貪婪的人。也有的神仙，耐不住寂寞，甚至捨不卻男女之間的戀情，記載中就有不少女神仙半夜進入男人房間，或是故意把男人弄到另一空間去與之相會。」

白素瞪了我一眼：「可惜那石屏風之後，只是一個男神仙和一個小神仙。」

我打了一個呵欠：「是啊，如果是一個女神仙，我可能回不來了。」

白素忽然抿着嘴笑了起來，我大聲道：「我已回來了，還有什麼好笑？」

白素悠然道：「我在想，像你這樣性格的人，就算真是仙女，要你幾百年、幾千年、二十四小時永遠面對着她，你會怎樣？」

我怔了一怔，嘆道：「唉，那真是糟糕透了，還是現在好！」

《神仙》的故事完了。

一直到現在為止，我沒有再見過賈玉珍。

一個月之前，在一個酒會上，有一個我全然不認識的人，神神秘秘來到我身邊，問道：「你認得我嗎？」

當我說我不認得他時，他神情十分滿意地離去，我想起他可能就是經過徹底外科整容手術後的胡士中校，想去找他，已經找不到了。

至於仙法、仙丹，究竟是怎樣傳到地球來的，我還一直在設想，但正如那個問題：人是從何而來的？答案很令人沮喪。

有時，我想到，神仙既然是人，我們每一個人，都可以視自己為神仙，性格容易滿足、快樂的人，做人也快樂；反之，做神仙，只怕一樣痛苦——忘了問賈玉珍：如果做神仙做厭了，有方法變回普通人嗎？

神仙！神仙！

後記

還有一些要說明的事，放在這裏補述。

第一，我和白素討論過，如果有朝一日，那些具有超能的人（神仙），忽然改變了他們出世的根本態度，而變得積極地參與人間事務，情形會怎麼樣？是不是人世間有了這一批超人，而可以天下太平？

結果，我們一致認為不能，因為這些超人基本上還是人，有着人性的弱點，結果，恐怕更糟，還是讓他們偶然突破空間的限制，遊戲人間一下算了。

其次，道家的學說，認為在宇宙本體之中，有着無盡的「靈能」，萬物皆由靈能衍化陰陽而生，人也是由此而來，所以，靈能是本體，人是個體，個體和本體之間，本來就有着微妙的聯繫，一旦融會貫通，掌握了運用本體靈能的方法，那自然就使人的能力，擴大無數倍，變成超人。

道家對修煉過程的敘述，雖然加上許多古裏古怪的名詞，例如視原來的身體為「幻身」，要煉就「真身」，方能出乎生死造化之外，陽神一出超三界，回復先天本來面目……等等。

道家的説法，從宇宙靈能的理論中化出來，説明人體經過一定的程序，可以和宇宙間靈能結合，成為超人。所謂「天人合一」，就是到達了這個境界之後的一種情形。

道家修仙的理論，提出來已有幾千年，但是記載中修仙成功的人，多半還是依靠丹藥來使人體的潛能得到發揮，所以丹藥始終是極神秘的一環，一定有一個特殊的來源，它的合成方式、它的起源等等，都值得查究，可惜全然無從查起。

或許，這項秘密在若干年後會被世人所周知，或許，連神仙本身也不明白其中原由！

（全文完）

衛斯理小說典藏版　19

神仙

作　　者：　衛斯理（倪匡）
責任編輯：　黎倩雲　黃敬安
封面設計：　三原色
出　　版：　明窗出版社
發　　行：　明報出版社有限公司
　　　　　　香港柴灣嘉業街18號
　　　　　　明報工業中心A座15樓
電　　話：　2595 3215
傳　　眞：　2898 2646
網　　址：　https://books.mingpao.com/
電子郵箱：　mpp@mingpao.com
版　　次：　二〇二〇年七月初版
　　　　　　二〇二二年七月第二版
I S B N：　978-988-8687-96-1
承　　印：　美雅印刷製本有限公司